サッカーボールの音が聞こえる

平山 譲
Yuzuru Hirayama

サッカーボールの音が聞こえる　目次

摩天楼の下で 9
ドーハの悲劇に閉ざされて 19
ジョホールバルの歓喜に包まれて 37
夢が見えた日に 57
最後に見るもの 81
闇のなかのゴール 99
真夜中の庭 107

ブラインドサッカー 129
ＪＢへの告白 155
日本代表　背番号10 177
日本選手権 199
You'll never walk alone 219
サッカーボールの音が聞こえる 231
あとがき 240

装画　高橋陽一
装幀　横川卓也

眼それ自体は　盲目であり
耳それ自体は　聾である。
物を見るのは　精神であり
物を聞くのも　精神である。

Das Auge an sich ist blind,das Ohr an sich ist taub.
Es ist der Geist, der sieht;
es ist der Geist, der hört.

——デットマール・クラマーが日本サッカー協会におくった、
ある古代ギリシャ人哲学者の詩。
（『日本サッカーのあゆみ』日本蹴球協会編著　原文ママ）

サッカーボールの音が聞こえる

摩天楼《まてんろう》の下で

石井宏幸《いしいひろゆき》は耳をすました。

——あれは、ナベさんだな……。

都道環状三号線をとばして六本木《ろっぽんぎ》トンネルをくぐってゆく自動車のエンジン音にまぎれ、遠くの歩道から誰かが近づいてくる足音が聞こえてきた。人には足音にも特徴があるということに宏幸が気付いてから、もう十年になる。

「おつかれさまです、ワタナベです」

「ナベさん」と宏幸が呼んでいる男が、はたしてそこへ現れた。

「おつかれ、ナベさん。イシイです」

声のほうへ眼《め》を向けた宏幸は左手を挙げた。

この場所で直接対面しているにもかかわらず、まるで電話のように名告《なの》りあってから、二人は互いに近づいた。

街路樹とともに立っている時計の針は、八時を少しまわっていた。いくつかの街灯があたりを仄白《ほのじろ》く照らしてはいるものの、とうに日は暮れており、影がはっきりしないほどに二人の足許《あしもと》は暗かった。

しかし、どれだけ暗くても、もしくは明るくても、彼らには関係ないようだった。

長さ一メートルほどの杖《つえ》を、宏幸は右手に握りしめていた。それは、他者の注意を喚起して街路を安全に歩行できるように、全体が白く塗られている白杖《はくじょう》だった。先端部には石突《いしづき》と呼ばれる硬化プラスチックがついており、路面状況を触擦《しょくさつ》すると、こつ、こつ、と音がした。音と手に伝わる感触とで足場を確認している宏幸は、一歩ずつ、ゆっくりと、声がしたほうへと進んでいった。

ナベさんと呼ばれる男も白杖を持っており、宏幸と同じように歩いていた。

ようやく互いが触れられる距離まで近づくと、二人は左腕を伸ばして相手を探した。そして、手と手が触れあうと、互いを引きよせ、まるで幾年も会っていなかった知己《ちき》のように肩を叩きあった。

そこは、南北に百メートル、東西に三十メートルほどある、細長い敷地の公園だった。

「日本サッカーの聖地」と称される国立《こくりつ》競技場から、千五百メートルほどしか離れていない場所にある。

この夜、国立競技場では、サッカー日本代表の国際試合が行われているはずだった。その一戦はテレビ中継で全国放送されており、多くのサッカーファンがボールの行方《ゆくえ》を眼で追いかけている。

いま、この公園には、彼らしかいない。

戦前、ここには近衛《このえ》歩兵第五聯隊《れんたい》の厩《うまや》があり、現在は公園東側に、在日米陸軍が使用するヘリポートが隣接している。軍用ジェットヘリが駐機する折には、附近の道路に小銃を携帯する警備兵がいて物々しく、不審者は誰何《すいか》されることもある。また、ヘリポートと反対の西側には、広大な青山霊園がひろがっており、祭儀所にも程近いそこを、夜分に訪れる物好きはいない。

そんなうらさびしい公園に、二人はいた。

さらに、ぽつり、ぽつりと、人が現れた。

彼らを笑顔で迎えた宏幸は、近寄っていって一人ひとりの肩を叩いた。

集まったのは宏幸を含めて七人で、うち四人が白杖を持っていた。

「よし、全員、揃いましたね」

宏幸は、大きな声でいった。

「では、着替えましょうか」

宏幸ら四人が白杖を地面に置き、もそもそと着替えはじめた。

宏幸は上下チャコールグレーのスーツを着ていたが、上のジャケットのみならず、下のスラックスも脱ぎはじめた。さらにネクタイを外し、白いワイシャツも脱ぐと、肌着だけになった。他の三人も、宏幸同様の姿になった。

そして、四人はそれぞれがバッグからなにやら取りだし、それを身につけていった。

橙色《だいだいいろ》のシャツ、白いパンツ、白いソックス。

シャツの背には番号がついており、宏幸は「10」。

それは、サッカーのユニフォームだった。

最後にフットサル用のシューズを履《は》いて紐《ひも》を結ぶと、宏幸は立ちあがった。

「用意、できましたか」

宏幸は他の三人に訊《き》いた。

「はい、ＯＫですよ」

畳んだスーツやシャツをバッグに押しこみながら、他の三人が答えた。

「では、さっそく、始めましょうか。マツザキさん、お願いします」

宏幸がそういうと、四人の着替えを黙って見守っていた「マツザキさん」と呼ばれた男が、両手に抱えていたものを手放して地面に落とした。

落とされたものが、砂利《じゃり》が敷かれた地面に弾んで音がした。

かしゃかしゃ……。

ユニフォームを着た四人が、いっせいに音のほうを見た。

それは、サッカーボールだった。

ただし、一般的なサッカーボールとは異なり、ボールの中心に鈴が入っていて、動くと乾いた音がした。

その音がするほうへ、四人が集まってきた。もう、彼らは、白杖を持ってはいなかった。

「それでは、いきます！」

宏幸は、足許のボールを蹴った。

かしゃかしゃ……。

四人が、いっせいに走りだした。

誰かがボールを蹴ると、誰かが音のほうへ寄っていき、足で受けとめ、蹴りかえす。

また誰かがそれに寄っていき、足で受けとめ、蹴りかえす。

パス、アンド、ゴー。

トラップ、アンド、パス。

それは、小学生でも造作《ぞうさ》ない練習だが、彼らは必死だった。なぜなら、四人には、ボールが見えていなかったからだ。ときおり、誰かがトラップミスし、ボールがどこかへ転がってしまうときがあった。だが、遠ざかる鈴の音のほうへ全員が顔を向けるため、あたかも彼らには、ボールが見えているように見えた。

彼らは、楽しげだった。

それぞれが一日の仕事を終えてきたばかりで疲れているはずだったが、まるでサッカーボールが新鮮な活力を与えてくれるかのように潑剌《はつらつ》としていた。

宏幸も、ボールを蹴るたびごとに喜色《きしょく》をうかべた。三十歳を過ぎていたが、その面持《おももち》は、十代のサッカー少年のようだった。

やがて練習は、攻撃二人と守備二人に分かれての試合形式となった。

ユニフォームを着ていない三人のうち、一人が監督で、一人がゴールキーパーで、唯一の女性が「ガイド」だった。監督が選手たちに指示を出し、ゴールキーパーがゴールを守るのは一般的なサッカーと同じだが、ゴールのすぐ裏にガイドが立つのが異なる光景だった。ガイドは攻撃の案内役で、「ゴール！」という掛け声でゴールの位置を、「五メートル！　四十五度！　シュート！」というようにゴールまでの距離や角度やシュートのタイミングなどを知らせていた。

鈴入りのボールや、ガイドの存在以外にも、一般的なサッカーとは異なる点があった。

「ボイ、ボイ、ボイ……」

走ってボールへと近づく宏幸は、耳慣れない声を発しはじめた。

「ボイ、ボイ、ボイ……」

宏幸のみならず、他の選手も同様に、ボールへ近づくたびにその声を発した。

ときおり、この公園で立ち小便でもしようとしてか、タクシーの運転手が車を停《と》めて小走りに現れることがあった。だが、闇夜の霊園近くの公園に響く「ボイ、ボイ、ボイ……」の声に、肝《きも》を冷やして逃げてしまった。

その声は、ボールを奪いにいくことを知らせて衝突を避けるための掛け声だった。「Voy」にはスペイン語で「行く」の意味がある。

宏幸は、ドリブルし、パスし、トラップし、そして、シュートした。

シュートは、ゴールキーパーに阻まれ、なかなかゴールにはならなかった。

二十分以上も走りつづけている彼は、肩で喘《あえ》ぐように息をしはじめた。それでも止まろうとせず、ひたすらボールの音を追いかけた。いつしか汗みずくになった橙色のユニフォームは、ぴったりと肌にへばりついていた。

そんな宏幸の左の頰《ほお》には、五百円硬貨ほどの大きさの傷痕《きずあと》があった。これより二週間前、ここでの練習中、全力で走った際に他の選手と接触して弾きとばされ、派手に転倒して地面で擦《こす》ったときのものだった。もう瘡蓋《かさぶた》になってはいるが、仕事先で誰かに会うたびに、どうしたのかと心配された。そんなとき、こう答えられることが嬉しかった。

「サッカーで、やっちゃったんです」

東の空には、巨大なクリスマスツリーのように眩《まばゆ》い光を放つ六本木の高層ビルが、すぐそこに聳《そび》えていた。

けれども、この公園は、周りをこんもりした木々に囲まれており、摩天楼の輝きは遮《さえぎ》られていた。木々のなかにはソメイヨシノが多く植樹されているが、もはや季節は秋であり、茶枯《ちゃが》れしかけた葉だけの樹々に華やかさはなかった。

かしゃかしゃ……。

大都会の喧騒《けんそう》や眩耀《げんよう》からすっかり隔絶されている、人々から忘れ去られたようなこの公園に、この夜、いつまでも、サッカーボールの音が響いていた。

ドーハの悲劇に閉ざされて

この日も、石井宏幸は一人だった。

六畳一間には、テレビとベッドの他に家具や家電と呼べるようなものはなく、まるで病院の一室のように飾り気がなかった。北側の壁に小窓があったが、いまは夜の九時過ぎ、外は闇然《あんぜん》としてなにも見えなかった。たとえ昼間でも、唐松林《からまつばやし》がひろがっているだけの寒々しい景色を、カーテンを開け放して眺めるようなことを彼はしなかった。

神奈川県二宮町《にのみやまち》で生まれ育った彼が、ここ、長野県北佐久郡軽井沢町《きたさくぐんかるいざわまち》で一人暮らしを始めてから二年が経つ。外出するのは、病院で診察を受けるときと食料品を買いだめするときぐらいで、その生活は入院患者と大差なかった。二年前に白内障《はくないしょう》の手術をしてから、実家を離れてこの町へと単身やってきた。父英男《ひでお》の会社の寮があり、その一室を間借りして療養所代《が》わりとし、近所の病院へと通《かよ》っていた。

いま、ベッドに腰掛けている彼は、テレビの画面を見つめていた。家族も友人もおらず、見知らぬ町で一人、テレビだけが自身と社会とをつなぐ接点であることに、彼は気付いていた。

いつもなら、テレビでなにを見ても、なにを聞いても、心を動かされることはなかった。ニュース番組で伝えられるすべてが別世界の他人事《ひとごと》に思えたし、バラエティーで笑うことも、ドラマで泣くこともなかった。

けれども、この夜ばかりは違った。

画面を見つめながら、彼は昂奮《こうふん》を抑えきれずにいた。

《あと一つです――》

テレビのスピーカーから、アナウンサーの祈るような声が聞こえてきた。

《あと一つ勝てば、ニッポンが長いあいだ夢見てきた、ワールドカップ出場の切符《きっぷ》を手にすることができます》

平成五年十月二十八日。

この夜は、彼にとって、そして、日本のサッカーファンや関係者にとって、特別な夜だった。

画面には、サッカーの試合が映しだされていた。

青いユニフォームを身につけて芝生《しばふ》の上を走る選手たちの動きを、宏幸は眼で追いかけていた。

視力が両眼二・〇から一・〇に低下していたものの、眼鏡《めがね》をかけずにすべてが見えた。

《光が射《さ》しこんでいます――》

アナウンサーがいった。

《これまで開いたことのない、ワールドカップへ通じる道の重い扉から、幾筋もの光が射しこんでくるように感じられます》

FIFAワールドカップアメリカ大会、アジア地区最終予選最終戦、日本対イラク。

試合が行われている現地カタールは日本と六時間の時差があり、首都ドーハのアルアリスタジアム上空は、まだ明るかった。アナウンサーがいうように、たしかにフィールドには、橙色の夕日が射しこんでいた。十月だというのに気温三十度を超える熱暑のなか、選手たちは汗にまみれて必死の形相《ぎょうそう》で走りつづけていた。

試合開始から五分、いきなりおとずれた日本の好機に、宏幸はベッドから臀《しり》を浮かせた。

《シュート!》

アナウンサーが叫んだ。

右サイドを駆《か》けあがった長谷川健太《はせがわけんた》がミドルシュートを放った。だがボールは、クロスバーに弾かれた。

「ああ……」

宏幸が落胆したのも束《つか》の間《ま》、弾かれたボールの落下点のゴール前に、もう一人、日本の選手が詰めていた。そして、その選手が、ボールを頭で押しこんだ。

《入ったか？　入ったか？》

アナウンサーがいった。

《入った！　入った！　ニッポン一点先行！　ボールを押したのはカズ！》

「よしっ！」

右の拳《こぶし》を握りしめ、宏幸は小さく叫んだ。

一対〇、日本先制。

画面には、背番号11、三浦知良《みうらかずよし》が天を指さす姿が映しだされていた。

「いけちゃうのか……」

三浦の歓喜を見つめる宏幸は、感情をおしころすように呟《つぶや》いた。

「ほんとうに、いけちゃうのか、ワールドカップ……」

宏幸にも、サッカーに夢中だった頃があった。

小学生時代、授業中の思い出はあまりなくとも、放課後のサッカーのことならいまだによく憶《おぼ》えている。初恋相手の兄がゴールキーパーでサッカーを手解《てほど》きしてくれたこと。途中で転校してしまった同級生が見せてくれたリフティングのこと。夢中になって読んだサッカー漫画『キャプテン翼』のシュートを真似て遊んだこと。練習後に並んでグラウンドに挨拶したこと。みんなで一つのボールを追いかけ、パスをつなぎ、ゴールを目指す、ただそれだけのことに一心不乱になれた。

そんなサッカーを、突然、奪われた。

中学二年生のとき、アレルギー性喘息《ぜんそく》が悪化して運動全般ができなくなった。中学三年生になると治療に専念しなければならず、学校を休みがちになった。小学一年生のときから一緒にサッカーをやっていた仲間が見舞いに寄ってくれることもあったが、母を通じて面会を断って帰ってもらった。誰にも会いたくなかったし、外へも出たくなかった。小学生の頃に夢中で戯《たわむ》れていたサッカーボールは、玄関の下駄箱《げたばこ》の奥に仕舞《しま》いこんでしまった。

サッカーをやめてから、心から楽しいと思えたことなど、なにもなかった。

「軽いスポーツでもしてみろ」と父の勧めでゴルフをしてみたものの、白内障を併発（アレルギーとの因果関係は不明）してからはクラブを持たなくなった。「今日は学校に行こう」と同級生が毎朝家に来てくれたが、面倒《めんどう》をかけて申し訳ないのと、恥ずかしいのと、煩《わずら》わしいのとで、顔さえ出さなかった。「勉強だけはしておけ」と担任教諭が自宅まで来て心配してくれたが、教科書など見る気になれなかった。「病気に効《き》くから」と親戚が漢方薬やサプリメントや珍しい飲料水などを持ってきてくれても、効果など感じられなかったし、礼を述べるだけでなにも飲まなくなった。

宏幸には、三歳年長の姉優子《ゆうこ》がいた。のちに私立大学の英文科に通う姉は、大きな病気などしたことがなく、明るく活発な性格で、友人も多かった。姉とは仲が良く、家のテレビで映画などを一緒に見た。そのときばかりは病気のことを忘れられたが、一人になるとすぐに心が鬱《ふさ》いだ。学校へ行けないことや将来への不安など、しあわせそうな姉にはなにも相談できなかった。

たった一度だけ、父から厳しい調子で諭《さと》されたことがあった。

「世間体《せけんてい》ってものがある。いくら病気でも、しっかり学校へ行ってくれないと困る」

当時は不登校児が多くはなかった。人口三万人にも満たない町では、自分が引きこもっていることで家族に肩身の狭い思いをさせていることは、宏幸にもわかっていた。母の泰《やす》子《こ》が過呼吸で倒れて救急車で運ばれたとき、心労が原因と診断されたらしかった。母が気に病《や》むことなど、自分のことぐらいしかなかった。

同級生が高校受験のために勉強に勤《いそ》しんでいた頃、彼はベッドで鬱屈《うっくつ》していた。受験をせず、中学校の卒業式の日も、自室に閉じこもっていた。後日、誰もいない春休み中の学校へ一人で行き、校長室で卒業証書を受けとった。自分だけ写っていない卒業アルバムは、一度も開くことなくどこか見えないところへ仕舞いこんでしまった。

高校へ進学できない自分は、この先どうなるのだろう。将来の夢などなく、病に抗《あらが》う現在のことで精いっぱい。なぜ、周りは元気な者ばかりなのに、自分だけがこんな目に遭《あ》わなければならないのだろう。なぜ、こんな体に生まれてきて、なぜ、生きなければならず、なぜ、死んではいけないのだろう――。

自宅の廊下の壁を拳《こぶし》で殴《なぐ》り、大きな穴を開けたことがあった。その穴を家族が見つけても、誰がやったのか、なぜやったのか追及されなかった。以来、廊下を通るたび、空虚な、自分自身の心のようなその穴から、宏幸は眼を逸《そ》らした。

《ニッポン、危ない》

アナウンサーが叫んでいた。

ドーハでの試合は、一対〇で日本が先行したまま後半に入っていた。

後半開始から九分、相手中盤からのクロスボールに、ゴール前にいたフォワードのアーメド・ラディが、日本のディフェンダー二人をドリブルで躱《かわ》してシュートした。

ゴールキーパーの松永成立《まつながしげたつ》が、左に横っとびしながら両手を伸ばした。

《マツナガ！　マツナガ！》

アナウンサーの悲鳴に近い叫びだった。

松永の指先をかすめ、ボールがゴールにすいこまれた。

《入りました！　イラク一点を入れた！　同点に追いついた》

立冬《りっとう》間近の長野の夜は、気温七度と肌寒く、宏幸は寝巻きの上に紺色《こんいろ》のカーディガンをひっかけていた。だが画面のなかは酷暑で、日本の選手たちは汗みずくだった。彼らの動きが時間を追うごとに鈍くなってきていることは、宏幸の眼にも明らかだった。

《足に錘《おもり》をつけているようです》

アナウンサーの声調も、試合開始直後とは変わってきた。

《ニッポン苦しい》

宏幸は、黙って画面を見つづけていた。

ワールドカップは、夢だった。

国際サッカー連盟が主催する、ナショナルチームの世界選手権大会といえるワールドカップは、昭和五年の第一回ウルグアイ大会以降、四年に一度の周期で開催されてきた。

アメリカ大会で第十五回を迎えるが、日本は一度も出場したことがなかった。出場権を得るためには約二年間にわたるアジア地区予選を勝ちあがらなければならないが、サッカーが盛んではなかった日本にとって、それは容易なことではなかった。

日本が最初にワールドカップに近づいたのは、予選初参加の昭和二十九年、第五回スイス大会だけだった。韓国との一騎打ちとなったアジア予選が、急遽二試合とも東京開催となる優位を得ながら、二試合とも敗《やぶ》れて出場を逃した。以降、四十年近くもの長きにわたり、予選敗退をくりかえしてきた。

そんな日本代表の試合を、これまで幾度も宏幸はテレビ観戦してきた。自分が幼い頃に愛したスポーツをいまだにつづけている選手たちが、世界に挑む姿が見たかった。だがどれだけ応援してみても、いつも落胆させられた。どうせアジア相手にすら勝てはしないという諦念《ていねん》は、どうせ病気には勝てはしないという自身の現状にも似ていた。彼は、サッカーにも、自分自身にも、なげやりになっていた。

ところが、この年の日本代表は、これまでとは違った。

ワールドカップアジア地区最終予選の約五カ月前、日本にもプロサッカーリーグが誕生した。日本サッカーの振興と水準向上などを理念に掲げた「Jリーグ」は、株式会社化されたクラブチームと契約をむすんだプロ選手を中心に構成された。そこから選出されるようになった日本代表には、ブラジル生まれの帰化選手であるラモス瑠偉《るい》や、七年もまえにブラジルでプロになっていた三浦知良もいた。

新たなプロ集団の躍動に、宏幸は期待した。

ワールドカップアジア地区一次予選を七勝一分無敗で一位通過した日本代表は、ドーハにてセントラル方式で行われる最終予選に進出した。六カ国の総当り戦で、上位二カ国がワールドカップの出場権を得る。日本代表は、初戦のサウジアラビア戦を〇対〇で引分け、第二戦のイラン戦を一対二で落とし、幸先が悪かった。だが宏幸は、「もしかしたら彼らなら」と思いはじめていた。敗れたイラン戦の唯一のゴール直後、相手ゴールキーパーからボールを奪取してセンターサークルまで走って試合再開を促《うなが》し、味方を鼓舞《こぶ》した中山雅史《なかやままさし》の行動に、彼らがこの予選にかける必死さを知った。宏幸は、これまで以上に自国の代表選手たちを応援するようになった。

今予選、日本代表は一時最下位になった。だが一転、第三戦の北朝鮮戦を三対〇で圧勝し、つづく第四戦の韓国戦をも一対〇で連勝したことで首位に立った。過去長らく大きな障壁だった宿敵を、試合内容でも勝《まさ》って本戦出場に王手をかけたことで、宏幸は気持を昂《たか》ぶらせた。

迎えたこの最終イラク戦、日本代表は引分けでも、二位サウジアラビア、三位韓国がともに勝利しなければ出場権を得られるという有利な条件で試合に臨んだ。
信じてみよう、と宏幸は思った。もし、敗れつづけていた日本代表が、勝って世界へと突きぬけられたなら、病気に支配されてきた自分の人生にも、奇蹟《きせき》が起こらないとも限らない。

《同点に追いつかれて、ニッポン、ピンチの連続！》
アナウンサーが叫びつづけていた。
《ただ下がってディフェンスをしているだけ。イラクの思う壺《つぼ》です》
画面のアルアリスタジアムは、いつのまにか日が暮れて、すっかり闇になっていた。
空とともに、日本代表の状況も変化していた。同時刻開催のサウジアラビア対イラン戦が四対三、韓国対北朝鮮戦が二対〇で、ワールドカップ出場をかけた当該二チームがともに勝ち越していた。よって日本代表はこの試合、引分けではなく勝利しなければならなかった。だが、イラク相手に一対一の同点。しかも後半に入ってからは、一方的に攻められて苦戦していた。
「頑張れ……」
画面のなかの日本代表選手たちに宏幸はいった。

彼の黒眼勝《くろめが》ちの小さな瞳《ひとみ》は、日頃は忙《せわ》しなく動くということがなく、いつでもどこか一つところをじっと見守っているような穏やかさがあった。それは、思春期から一人で沈思《ちんし》している時間を長らく過ごしたことによる落ちつきかもしれなかった。だが、日本サッカーの正念場を見つめているいま、彼の瞳は動揺していた。極東の青いユニフォームの選手たちは、中東の鶯色《うぐいすいろ》の選手たちに苦しめられていた。攻めては前線にロングパスを送るばかりでボールキープをすることさえできず、守っては決定的な場面をかろうじて相手のミスに救われるという場面が目立った。宏幸は、天を仰いだり、拳を握りしめたりした。

《中央だ！　ナカヤマ！》

後半二十四分、好機が突然おとずれた。相手のゴールエリア前でパスを受けたラモス瑠偉が、中央ゴール前へスルーパスを出した。そこへ走りこんだのは、オフサイドラインぎりぎりから飛びだしてきた中山雅史だった。

《ナカヤマのシュート！》

相手ゴールキーパーと絡《から》んで転倒しながら、中山が相手ゴール右隅へとシュートした。

宏幸は、ベッドから立ちあがった。

《決めた！　決めました》

中山が長髪を揺り動かしながら走り、右の拳《こぶし》を天に突きあげた。

《二対一！　ニッポン、勝ち越し！》
中山のもとへ、ベンチの選手たちが折りかさなって歓喜した。
まるで画面のなかにいるかのように、宏幸も両手を挙げた。
――行ける、行けるよ。このまま、このまま……。

アメリカへ行こう。

アメリカへ行こう。

アメリカへ行こう。

みんなで行こう。


テレビから、歌声が聞こえてきた。アメリカ南北戦争時の北軍の行進曲である『リパブリック賛歌』の替え歌だった。ドーハまで応援に行った日本代表のサポーターたちが、選手と同じ青いユニフォームを着て、声を揃えて歌っていた。

――そうだ、アメリカへ行こう。

ふと、宏幸は思った。

――もし、日本代表がこのまま勝ってワールドカップの出場権を得たなら、自分も、アメリカへ行こう。ベッドから抜けだして、部屋の扉を開けて、現状からとびだしてみよう。独学で勉強している英語も試したいし、世界と戦う日本代表を見てみたいし、なにより、自分自身を変えるきっかけにしたい。

しかし、得点を決めてからは、日本代表は苦戦していた。

《アメリカへ向かっての道のドアは重い》

アナウンサーはそう呻《うめ》き、試合後半の残り五分間だけで、《危ない》《危なかった》と十三度も発するほどだった。

その都度、宏幸は息をのんだ。

その後も日本代表にシュートチャンスはなく、相手のシュートをゴールキーパーの松永が弾きとばして二度救われた。防戦一方のなか、残り時間を十秒ずつ伝えることでアナウンサーがカウントダウンをはじめた。

《地元の時計は、いま四十五分を越えました。最後は、このコーナーキック……》

試合は、ロスタイムに入った。

イラクにコーナーキックを与えた。

ロスタイムはほとんどないはずで、ここさえ凌《しの》げば、扉が開く。

ベッドの上で息を詰め、身を縮めた宏幸は、祈りでもするかのように両手を重ねて強く握り、しかし眼は見開いて画面に視線をそそいでいた。

コーナーから、相手が短いパスを出した。

パスを受けた選手がゴール前へセンタリングした。

そこに三浦が走ってくらいつき、左脚を伸ばした。

しかし、三浦の足はわずかに届かず、ボールがゴール前へと飛んでいった。

《来た！》

アナウンサーが短く叫んだ。

ゴール前で待ちかまえた日本の選手数人が跳んで阻もうとした。

しかし、それよりわずか先に、途中出場の相手フォワード、オムラム・サルマンの頭がボールに触れた。

ボールを、選手全員が、見つめていた。

監督も、スタッフも、観客席のサポーターも、見つめていた。

そして、テレビの前にいる宏幸も、見つめていた。

すべての動きが止まり、ボールだけが、弧を描いてゆっくりと、ゴールへと向かっていった。

その日からも、変わらない日々が延々とつづいた。

宏幸は、改善の兆しが感じられない治療に通い、親からの仕送りを銀行から引きだして食料を買い、そして、扉を閉じて一人で部屋にこもった。

しばらく、テレビはつけなかった。もはや、自分をどこかへ誘《いざな》ってくれるかもしれないものなど、とうぶんそこに映しだされることはないとわかっていた。

宏幸は、雑誌を買った。

あの日の詳細を伝えるサッカー誌だった。

あの試合直後、芝生の上に倒れて立ちあがれずにいる選手たちが表紙に写っていた。

あのロスタイム、宏幸が見つめたボールは、ネットを揺らした。

その瞬間、彼はベッドに倒れこんだ。

同点とされ、まだ試合はつづいていたが、日本代表の選手たちはボールをセンターサークルへ運ぶどころか、立ちあがる気力さえないようだった。ベッドに倒れた宏幸も、天井を見つめたまま、起きあがることができなかった。

日本のキックで試合が再開されると間もなく、試合終了を告げる長いホイッスルが鳴った。

二対二、引分け。

日本は、ワールドカップへは、行けなかった。

宏幸も、いまとは異なる世界へは、行けなかった。

選手たちは泣き、宏幸も泣いた。

「ドーハの悲劇」――。

のちにそう呼ばれるようになった試合を伝える雑誌を、しばらく宏幸は部屋の片隅に置きっぱなしにした。埃《ほこり》をかぶってしまった表紙に写る、悲哀に満ちた選手たちの姿に、自分の絶望をかさねていた。

その雑誌を眼にするたび、宏幸は思った。

――神様って、いるのかな。

ジョホールバルの歓喜に包まれて

石井宏幸は、右眼を失明した。

テレビでサッカーを観戦していたとき、選手のユニフォームの胸についたロゴの右端が歪《ゆが》んで見えることに気付いた。病院で検査を受けると、過去に手術を受けた白内障の経過が思わしくなく、右眼は網膜剥離《もうまくはくり》を併発していると診断された。急遽再手術を受けたが、そのまま右眼が見えなくなってしまった。

左眼の病状も、快方に向かう兆候はなかった。黒眼が白く濁《にご》りだし、視界は霧が立ちこめたようで判然とせず、点眼薬と内服薬を欠かせなくなった。眼圧が高いときには、頭痛、眩暈《めまい》、吐気《はきけ》にみまわれることもたびたびで、眼球の奥の神経に激痛がはしることも、四十度近い高熱がつづくこともあった。

そして、新たな病が進行していた。

緑内障《りょくないしょう》――。

高眼圧や血流不足のために視神経の繊維が抜けおちてゆき、視野に暗点が生じ、やがては失明に至ることもある眼病である。国内での総患者数は約三十万人。最近になって糖尿病網膜症を抜いて失明原因の第一位になった（厚生労働省患者調査による）。

緑内障治療は眼圧を下げることが基本とされており、視野が狭くなったり、一部が欠けたりする視野狭窄《しやきょうさく》の進行程度の少ない発症初期には、点眼薬や内服薬で様子を見る。病状が進行するとレーザー治療や外科手術が必要となるが、視野が完全に失われてしまった場合、現在の医学ではそれをとりもどす方法はないとされる。

右眼の視力を失い、左眼も緑内障を患っている宏幸は、いつかは失明してしまうかもしれないという不安をかかえてはいた。だが、緑内障により失明する患者の多くが中高年で、まだ二十代の彼には、左眼の視野狭窄の自覚などなかった。治療を継続して眼圧を一定内に保っておきさえすれば進行を抑制できるという、医師の言葉を信じていた。

――まだ、終りじゃない。

ワールドカップアジア地区最終予選で敗れたサッカー日本代表がそうであるように、宏幸もまた、すべてをあきらめてしまったわけではなかった。

あのドーハでの最終予選敗戦をテレビ観戦後、しばらくして、宏幸は動きはじめた。

軽井沢町で療養しながらも、建築現場で日雇《ひやと》いの仕事をして日当一万円ほどを稼いだ。長野市にある専門学校に通って簿記や経理を学んだり、教材を買ってきて独学で英語を勉強したりもした。やがて二宮町の実家へと戻り、父の会社に勤めて経理業務を手伝った。

社会とつながっていたい自分がいた。

中学校さえ満足に通っていなくとも、病気が治らずとも、家族に頼ってばかりではなく、自立できると思いたかった。

病気に抗うようにして、働いたり学んだりするようになったのは、サッカー観戦の効用かもしれなかった。

日本代表選手たちの、ドーハでの一途《いちず》な思いに胸を打たれた。敗戦後、しばらく立ちあがれないほどまでに必死に戦いぬいても、彼らの力では世界への扉を開けられなかったことは事実だった。けれども、宏幸は、その後の選手たちの行動を見つめた。

日本が参加できなかったワールドカップがアメリカで行われた平成六年、宏幸の地元二宮町と平塚市をホームタウンとしたJリーグクラブ、ベルマーレ平塚が誕生した。宏幸は、平塚競技場へ足を運ぶようになった。そこで、黄緑色のユニフォームでボールを追いかける選手たちを見ていると、あたかも彼らが、もう一人の自分自身のように思えた。この町でサッカーをやっていた幼い頃は、大好きな球技を、ずっとつづけられればと夢見ていた。

病気をしたことでそれは叶《かな》わなかったが、大人になったいまでもフィールドを駆けているベルマーレの選手たちが、夢のつづきを演じてくれているように思えた。一人で競技場へ通う宏幸は、病気のことなど忘れ、ただ夢中になってボールの行方を眼で追った。

ベルマーレの選手たちは、期待に応《こた》えてくれた。Jリーグ参戦初年度の第一ステージこそ、七勝十五敗で十二チーム中十一位と低迷したものの、破綻していた守備を改善した第二ステージは、一躍優勝争いをして十六勝六敗の二位になった。勢いそのままに、同シーズンの天皇杯全日本サッカー選手権大会で初優勝し、アジアカップウィナーズカップでもイラクの強豪アルタラバSCを下してアジア王者にまでなった。

ベルマーレには、日本代表選手が多かった。岩本輝雄《いわもとてるお》、名塚善寛《なつかよしひろ》、名良橋晃《ならはしあきら》、野口幸司《のぐちこうじ》は、ワールドカップアメリカ大会アジア最終予選には出場していなかったものの、その後に日の丸のついたユニフォームに袖を通した若手だった。さらに平成七年には、のちの日本代表の中心選手となる中田英寿《なかたひでとし》が、同九年には呂比須《ろぺす》ワグナーが新加入して活躍した。

宏幸にとってのサッカー観戦は、たんなる趣味ではなく、もはやそれを超越した、生きがいといっていいものになりつつあった。ベルマーレの躍進や日本代表の挑戦に背中を押されるように、彼は、実社会へ一歩、踏みだそうとしていた。

そして、ドーハから四年の歳月が流れた。

日本サッカー界も、宏幸も、また、特別な夜を迎えていた。

「とうとう、ここまで来たね」

宏幸の隣に立っている男がいった。

「泣いても笑っても、あと三十分……」

そこは、競技場だった。

人工土《アンツーカー》の陸上トラックの内側には芝生が長方形に敷きつめられており、その両端にサッカーゴールが設置されていた。宏幸と、隣の男、成田宏紀《なりたひろき》は、ゴール裏の観客席にいた。

気温二十九度、湿度八十八パーセントの蒸し暑さのなか、観客席もまた、熱気をおびていた。スタンド全体が二万人余りの観客で埋めつくされ、その多くが青い服を身につけ、フィールドにいる選手たちに大声援を送っていた。

「ニッポン！　ニッポン！……」

宏幸と成田も青い服を着ており、周囲と同化していた。椅子《いす》があるにはあったが、ゴール裏席では誰も腰掛けてはいなかった。二人も、キックオフからずっと立ちっぱなしで試合を見つめてきた。彼らが座らない椅子には、青いポリ袋が置かれていた。試合前、周囲の多くの者がそれを空気で膨《ふく》らませ、風船状にして頭上に掲げて振っていた。二人も、ポリ袋を誰かから手渡され、倣《なら》って同じことをした。それは、試合会場を日本代表カラーで染めようと、サポーターが始めた応援の一つだった。

青一色のようなそこは、日本のようで、日本ではなかった。

いま、宏幸は、療養所のある長野でも、実家のある神奈川でもなく、海を渡ったマレーシアの、マレー半島南端にある古都、ジョホールバルにいた。

平成九年十一月十六日。

FIFAワールドカップフランス大会、アジア地区第三代表決定戦、日本対イラン。
A、Bグループそれぞれ五チームによる、ホームアンドアウェイ方式のリーグ戦で争われる最終予選。グループ首位の二チームと、グループ二位同士による第三代表決定戦の勝者が、ワールドカップ出場権を獲得できることになっていた。
最終予選の全試合を、テレビで、もしくは競技場で、宏幸は観戦してきた。日本代表の状況は、まるで四年前の軌跡をなぞるように思えた。

Bグループに入った日本代表は、初戦ホームでのウズベキスタン戦こそ六対三と大勝した。だが宏幸の喜びも束の間、アウェイでのUAE戦を〇対〇の引分けとしたあと、グループ最強の敵と目《もく》されていた韓国に、ホームで一対二の逆転負けを喫した。この時点で早くも一位通過が絶望視され、宏幸はあらためて、ワールドカップという夢舞台と日本の実力との隔《へだ》たりを痛感させられていた。

つづくアウェイでのカザフスタン戦、テレビ観戦していた宏幸は、四年前のドーハの悲劇を思いださずにはいられなかった。一対〇で迎えた後半ロスタイムに失点しての引分け。試合後、加茂周《かもしゅう》監督が更迭されて岡田武史《おかだたけし》ヘッドコーチが新監督に就任する非常事態となった。


さらに、アウェイでのウズベキスタン戦、ホームでのUAE戦も一対一で引分けると、韓国の一位通過が決定し、日本の自力二位通過が消滅した。そのUAE戦、宏幸は国立競技場で観戦した。試合後、選手が乗るバスにものを投げつけるなどして一部の日本サポーターが暴れ、競技場附近は混乱した。試合後に腹が減り、屋台で買った焼そばを食べおえた宏幸は、人混みをかきわけるようにして早々に競技場を離れていた。帰宅後、テレビのニュースで選手たちがバスの車内に長時間閉じこめられ、罵声をあびつづけたことを知った。


――まだ、すべてが終ってしまったわけじゃないのに……。

このとき宏幸は、今後なにがあっても、最後の最後まで、日本代表を応援しようと心に決めた。

そんな思いが通じたように、二位のUAEと勝点一差のままで迎えた残り二戦、三位の日本代表が復活する。アウェイでの韓国戦で二対〇、ホームでのカザフスタン戦で五対一と勝利し、UAEを退けてBグループ二位を確保。そして、Aグループ二位のイランとの一発勝負、マレーシアで行われる第三代表決定戦に臨むことになった。

大一番を迎えるにあたり、宏幸は、いてもたってもいられなくなった。旅行代理店に電話をかけ、第三代表決定戦の観戦ツアーに申しこもうとした。定員に達して締《し》めきられたといわれて落胆していると、ツアー出発の前日に旅行代理店から連絡があり、一泊三日のツアーに一名分の空きが出たと知らされた。

働いて貯めた預金を下ろすと、駆けこむようにして飛行機に乗った。初日はマレーシアの隣国シンガポールのホテルに一泊し、二日目はバスでジョホールバルへと移動して夜に試合観戦。同夜にバスで仮眠しながらシンガポールへと戻り、翌朝の飛行機で帰国する。いわゆる「弾丸ツアー」と呼ばれる、試合観戦だけが目的の旅程だった。

右眼の失明で海外旅行に不安はあった。だがここまで四年間サッカーを観戦してきたのも、選手たちが夢を実現させる瞬間を見届けたかったからだ。四年前のように一人で部屋のテレビの前でじっとしていたら、後悔してしまいそうに思えた。

そして、いま、ジョホールバルのラルキンスタジアムに、宏幸はいた。

ふいに、彼は振りかえり、座席背後の電光掲示板を見遣《みや》った。電球で文字が記されている旧式のそれが、この試合の途中経過を伝えていた。

《3RD & 4TH PLACES
WORLD CUP FRANCE 1998 ASIAN GROUP
IRAN 2 vs JAPAN 2》

前後半の九十分を終えて、試合は二対二の同点だった。

息詰まる熱戦に、宏幸は緊張し、そして昂揚《こうよう》した。

前半三十九分、相手のシュートがゴールポストに当たって救われた直後、日本代表が先制点をあげた。宏幸が応援してきたベルマーレ平塚の中田英寿がスルーパスを出し、それを四年前ドーハにいた中山雅史が決めた。

しかし、後半開始直後、ディフェンダーのクリアミスをさらわれて同点にされる。さらに後半十四分、相手のエースストライカーであるアリ・ダエイにヘディングシュートを決められて一対二と逆転された。

ここまで宏幸は、ゴールを一つも見ていなかった。

右眼を失明し、左眼の視力も低下していたため、競泳用のゴーグルに牛乳瓶の底をはめたような眼鏡をかけていた。それでも反対側の遠いゴール附近の様子は、輪郭が不明瞭でなにが起きているのかわからなかった。隣に立って試合を見ていた同じ弾丸ツアーの参加者である成田が、狂喜したり、落胆したりすることで、どんな事態かを覚《さと》るしかなかった。しかし、後半三十一分の出来事は、宏幸の眼にも、しっかりととらえることができた。

それは、彼のすぐ前のゴールで起きた。

左サイドにいた中田が、相手ディフェンダーの頭上を越えるクロスボールを蹴った。それはまるで、ゴール裏席にいる宏幸のほうへとんでくるかのようだった。あまりの軌道の美しさに、宏幸は口を開けて見惚《みと》れた。その放物線の先に、フォワードの城彰二《じょうしょうじ》が走りこみ、頭で合わせてシュートした。宏幸の眼の前にある橙色のゴールネットが揺れた。観客席が揺らぐほど歓喜に沸いたが、宏幸だけは茫然《ぼうぜん》としたまま動けなかった。

――ああ、このゴール、俺、一生、忘れないだろうな……。

日本代表は、二対二の同点とした。

そうして試合は、前後半十五分の延長戦へともつれこんだ。

行こうフランス。

みんなで行こうフランス。

日本のサポーターたちが、声を揃えて歌いはじめた。カナダのポップグループによる『Pop Goes the World』の替え歌である。

「あと、一点――」

隣に立っている成田がいった。

「一点取れば、ワールドカップ！」

延長戦は、得点が入った時点で試合が終了するゴールデンゴール方式が採用された。日本代表の一点を望むのは成田ばかりでなく、観客席では両手を合わせて祈っている姿があちらこちらに見られた。

これから始まる激闘であろう延長戦を静かに待っている宏幸は、直立したままフィールドの選手たちを見つめていた。

ちょうどフィールド中央あたりのベンチ前で、大きな円陣が組まれていた。青いユニフォームを着た選手全員と、監督やコーチやスタッフが、肩を組んで輪になっていた。

観客席では、耳に痛みを感じるほどのニッポンコールがわき起こった。

宏幸は、黙って選手たちの円陣を見つめていた。

そのとき、ふいに彼は、ぐらりとよろけた。

彼の左隣に立っていた成田が、右腕をまわして宏幸の肩を摑《つか》んで引きよせたのだ。

成田は無言だったが、それは、フィールドで円陣を組んでいる選手たちと同じように、自分たちも一つになって延長戦を戦いぬくのだという意思の表れのようだった。

そして、宏幸も、黙って左腕をまわして成田の肩を掴んだ。


四年前の「ドーハの悲劇」、宏幸は一人自室で観戦した。

しかし、四年経ったいま、このジョホールバルで、彼は一人ではなかった。

試合の前日、シンガポールのホテルで見知らぬ男と相部屋になった。それが成田で、初対面ながら隣のベッドで眠ることになった。

試合を控えた昂ぶりのために眠れずにいると、隣の成田も眼を開けているのがわかった。

二人は自己紹介もそこそこに、サッカー談義を始めた。といっても、宏幸は初対面の者と長時間会話したような経験がなく、ほとんど聞き役だった。

「いまでも忘れないよ」と、宏幸より十七歳年長の成田が話しはじめた。

サッカー部に所属していた中学一年生のとき、部活動の朝練習に向かう直前、ラジオから流れるニュースに感激したと成田がいった。メキシコシティーオリンピックでサッカー日本代表が銅メダルを獲得したとの報だった。そこから始まるサッカーとの長い関わりや、その過程で得た自身のサッカー観について、成田は聞かせてくれた。高校にサッカー部がなく、選手としてはフィールドを離れざるを得なかったこと。草サッカーはいまでもつづけていること。海外のサッカーを紹介していたテレビ番組『三菱ダイヤモンドサッカー』を見つづけ、華麗なプレーを披露する海外のスター選手に憧れてきたこと。

昭和六十三年、ある選手の出現に成田は驚嘆した。十五歳で単身ブラジルへ渡り、ブラジル国内リーグ戦でゴールした日本人がいることを知った。日本でプロリーグ発足の機運が高まった平成二年、その選手は帰国して日本リーグの読売《よみうり》サッカークラブへと移籍した。帰国理由を知ったとき、成田は耳を疑った。「日本のワールドカップ出場に貢献したいから」と、その選手はいった。

そして平成五年、その選手、三浦知良が、ワールドカップ出場へと挑む姿をテレビで見た。それまで成田は、ワールドカップは手が届かない雲の上の大会だと思っていた。

ペレ、ヨハン・クライフ、フランツ・ベッケンバウアー、ミシェル・プラティニ、ディエゴ・マラドーナ……。

ワールドカップとは、世界の一握りのスター選手と、彼らを擁するサッカー先進国のものので、天皇杯の決勝戦ですら観客席が満員にならないサッカー後進国では、出場できなくても当然に思えた。

しかし、ドーハで戦った三浦知良やその他の日本代表選手たちは、雲の上へと必死に手を伸ばしていた。

ロスタイムで失点して予選敗退が決まり、選手たちがその場に崩れおちた、あの「ドーハの悲劇」以降、成田は変わった。海外サッカー指向は薄れ、日本代表の試合を数多く観戦するようになった。集団に交《ま》じって歌ったり踊ったりするわけでも、レプリカユニフォームを着たり横断幕を掲げたりするわけでもなかった。ただ一人で会場へ赴《おもむ》き、誰と声を揃えるわけでもなく、自分なりに大声で選手たちを励ました。四十二歳になる成田自身よりずっと若い選手たちが、自分には想像もできなかった夢に向かって戦っている。懸命に挑み、そして苦しみつづけている彼らを、放っておくことはできないと思った。

「あのドーハでの選手たちを見ちゃったらさ」と成田がいった。「同じ日本でサッカーをやってきた俺が、なにもせずに、ただテレビを見ているだけじゃあ、嘘だろって。高みの見物をしていちゃあ、嘘だろって。だからさ、雲の上まで行けるかどうかわからないけれど、年甲斐もなく、無理をして、こんなところまで、応援しに来ちゃったんだ」

芸術家をプロデュースし、美術展などを企画主催する仕事をしている成田は、休暇をとって一人でジョホールバルへの弾丸ツアーに参加していた。いつものように、若いサポーター集団のなかで、白髪《しらが》混《ま》じりの長髪を肩に流し、一人で観戦するはずだった。だが、どこか孤独そうな、分厚い眼鏡をかけた若者と相部屋になった。そして翌日、競技場外の自由席の座席を確保するための列に、二人で約三時間も列《なら》んだ。途中、スコールにびしょ濡れになりながら、それをも子供のように楽しんで開場を待った。開場後もさらに約三時間、座席でキックオフを待った。

「『You'll never walk alone』って曲、知ってる?」

成田が、宏幸に訊いた。

とりわけサッカー場で応援歌として歌われるオスカー・ハマースタイン二世作詞のオールディーズを、宏幸もJリーグの試合会場で聞いたことはあった。だが、その正確な歌詞や、サッカー場で歌われることになった由来までは知らなかった。

試合開始前、半世紀以上も昔に書かれた歌詞を、成田が教えてくれた。

最後の一節が、宏幸の耳に強く残った。

Walk on,
Walk on,
With hope in your heart.
And you'll never walk alone.

独学で英語を学んだ自分なりに、心のなかで訳してみた。

――希望を胸に歩いてゆこう。けっして一人で歩かせはしない。


成田と二人で、宏幸は延長戦を見つめていた。

延長戦前半、宏幸たちのすぐ近くのゴールへと、日本代表は攻めていた。

そこで次々と起きるプレーに、宏幸と成田は幾度も歓喜しそうになり、幾度も落胆した。

一分、中田英寿のスルーパスを岡野《おかの》雅行《まさゆき》がシュートするも、キーパーがキャッチした。

三分、名良橋晃のセンタリングに城彰二が頭で合わせるも、キーパーがパンチングした。

五分、間接フリーキックのこぼれ球を名《な》波《なみ》浩《ひろし》がシュートするも、ポスト左へ外した。

九分、中田のクロスボールに城が頭で合わせるも、キーパーがキャッチした。

さらなる好機もおとずれた。

十三分、中田のスルーパスを受けた岡野が、ゴールキーパーと一対一になった。だが俊足フォワードはなぜか自分でシュートをせず、中田にパスを返した。相手ディフェンダーにボールをさらわれてしまうと、中田が自身の太股《ふともも》を叩き、両手を広げて悔しがった。

前半ロスタイムにも岡野がシュートをクロスバーの上に外すと、こんどは監督の岡田武史が頭を抱えて天を仰いだ。

観客席が溜息に包まれ、延長戦前半が終了した。

ハーフタイム、好機をいかせずにいる選手たちを詰《なじ》っている者や、疲弊しきってもまだ走りつづけようとしている選手たちを励ましている者の声で、観客席は騒然としていた。

宏幸は、黙ったままだった。

成田も、なにも話さなかった。

延長戦後半が始まった。

いくつかの危機を脱して安堵したり、いくつかの好機を逸して落胆したりしていると、ふいに、そのときがおとずれた。

十三分、中田がドリブルする姿を、宏幸は眼で追った。

背番号8が、このときばかりはどこへもパスをせず、ドリブルで敵陣へと突っこんでいった。

眼鏡を通して左眼だけで見つめる宏幸には、しだいに中田の背が霞《かす》んでいった。

相手ゴール附近でなにが起きているのか、宏幸にはわからなかった。

その刹那《せつな》、日本のベンチから、監督の岡田が両手を挙げて飛びだすのが見えた。

競技場全体が大歓声に包まれ、昭和三十九年に造られたというスタンド全体が揺れた。

成田が、そして見知らぬ人々が、つぎつぎと抱きついてきた。

泣いている者、叫んでいる者が大勢いた。

宏幸は、茫然《ぼうぜん》とした。

「オカノだ！　オカノが決めた！」

ゴールシーンを解説している者がいて、中田のシュートのこぼれ球を拾った岡野がゴールを決めたことを、宏幸は知った。

誰彼なく周囲の人々に抱きつかれながら、言葉を失ったまま、宏幸はその場に立ちつくした。


熱戦終了から一時間以上が経ったフィールドには、もう誰もいなかった。

掲示板の時計の針は午前○時を過ぎており、長かった一日が終ったことを告げていた。

ゴールデンゴール後、しばらくはウィニングランがつづき、競技場全体がお祭り騒ぎだった。

いまはそれも終り、観客席にも人影は疎《まば》らだった。

幾条《いくすじ》もの紙テープが、観客席から芝生の上へと、シャワーのあとのように伸びていた。

歓喜は競技場の外へと移り、「行こうフランス」の歌が遠くでつづいていた。

宏幸は、観客席から去れずにいた。

観戦していた座席の前で立ちつくし、さきほどまで熱戦がくりひろげられていた、しかしいまは灯りが落とされた仄暗いフィールドを見つめていた。

マレーシア人の清掃係が彼の傍までやってきて笑顔を作り、マレー語でなにかをいった。日本代表の勝利を祝福してくれたのかもしれないし、清掃が始まっているから退場を促しているのかもしれなかった。

「さあ、もう行こうよ！　帰りのバスの待ちあわせ時刻だよ！」

出口附近に立っている成田が、遠くから宏幸を呼んだ。

弾丸ツアーは、空港へ向けて夜通しバス移動し、朝の便でそのまま帰国する行程になっていた。

「はい」と返事をし、成田のもとへ歩きだそうとした宏幸は、振りかえってもういちどだけ、フィールドに眼をやった。

そして、マレーシア人の清掃係にいうように、先程までフィールドにいたすべての者にいうように、頭を下げながら呟《つぶや》いた。

「ありがとう」

夢が見えた日に

石井宏幸に、初めて仲間ができた。

日本代表のワールドカップ初出場が決まったその夜、ジョホールバルのラルキンスタジアムからシンガポールのチャンギ国際空港へと向かう帰路のバスは大騒ぎになった。弾丸ツアーの観光客で貸切の車内では、ほとんどが青いユニフォームを着たままで歓喜に酔いしれていた。車内泊の予定だったが、深夜二時を過ぎても座席で眠る者はいなかった。それどころか、誰かが持ちこんだシャンパンの栓が抜かれ、グラスがないために泡が吹きだす瓶をみんなでまわしのみした。そのうち一人が、帰国したら再会してあらためて祝杯をあげようといいだした。それぞれが携帯電話の番号を教えあうと、空港に着くまで夜通しはしゃいだ。

大勢でのまわしのみも、電話番号を教えあうことも、宏幸にとっては初めての経験だった。中学時代に発病して学校を休むようになって以来、二宮町や軽井沢町の自室で孤独に過ごしてきた。それだけに、バスでの騒ぎには少しどぎまぎした。誰彼なく抱擁《ほうよう》しあうようなその場の浮かれた雰囲気や、隣席の成田宏紀が社交的だったことにも助けられ、すんなりと仲間に加わることができた。彼の携帯電話の連絡先には、いっきに番号が増えた。

帰国から一週間後の週末、弾丸ツアー参加者のうち十一人が、都内のスポーツカフェに集まった。あらためて自己紹介しあうと、アートプロデューサーの成田の他、銀行員、省庁の官僚、ベンチャー企業の社長、テレビ局員など職業はさまざまで、年齢も二十代から四十代までと幅広かった。

自己紹介にあたり、宏幸は戸惑った。人前で話す機会などなかったし、誇れるような職にも就いていなかった。むろん、病気によって失われたような過去や、右眼を失明し、左眼も緑内障を病んでいる不安な現在を知る者は、このなかにはいない。明るく華やいだ場で、わざわざ陰惨とした身の上話などしなくともよい。簡単に自己紹介を済ませた彼は、多くの時間、ただ黙って誰かの話に耳を傾けて過ごした。

大勢のなかで酒を飲んだことも、談笑したこともなく、すなわち、宏幸にとってはすべてが初めてのことだった。ジョホールバルでの楽しかった思い出にひたるだけでも十分楽しかったし、また、このなかにいると病気のことを忘れられた。

「この集まり、このまま終らせたくないね」と誰かがいった。

「見るだけじゃなく、俺たちもプレーしようよ」と別の誰かがいった。

「それなら、クラブとして名前をつけなきゃ」と別の誰かがいった。

宏幸は、黙って彼らの話を聞いていた。

名前が決まった。

「クラブJB《ジェイ・ビー》」。

JBは、「Johor《ジョホール》 Bahru《バル》」の略である。

「俺たち、戦争は知らないけれど——」

名前が決まったとき、成田がいった。

「ジョホールバルで一緒に戦った、戦友みたいなもんだからな」

クラブJBの面々は、以降もたびたび集まった。「ミーティング」と称して仕事帰りに酒を飲んだり、「強化合宿」と称して泊まりがけでサッカーをして遊んだりする計画を立てた。

宏幸は、酒が強いわけでも、サッカーが上手なわけでもなかった。進んで明るく話しかけたり、気の利いた冗談をいえたりするわけでもなかった。ただ、仲間の輪の端っこで、いつも黙って静かに微笑んでいた。

そうして半年が経つと、待ちに待ったワールドカップフランス大会が迫ってきた。クラブＪＢの面々は、ほとんどが現地フランスで観戦するつもりでいた。宏幸も大手旅行代理店の観戦ツアーに申しこんだ。日本代表にとって、そして宏幸にとって初めてのワールドカップ、彼はカレンダーの日付を塗りつぶしてカウントダウンしながら渡仏する日を待ちのぞんだ。

しかし、出発一週間前になり、突然旅行代理店からツアー中止の連絡が届いた。観戦券の偽造や横流しなどにより、フランス組織委員会が発券を停止したことに端を発した、いわゆる「チケット問題」で、旅行代理店が観戦券を確保できずにいたのだった。

以前の宏幸なら、現地での観戦をあきらめ、日本でのテレビ観戦で済ませてしまったかもしれなかった。彼はしかし、観戦券を持たないまま、一人でフランスへととんだ。そしてフランス南西部の街トゥールーズの競技場、スタジアム・ミュニシパルの前で、「I need a ticket」と書いた段ボールを手に立ちつづけた。

試合前、観戦券を持たない者たちのために、競技場の隣の広場に大型スクリーンが用意され、パブリックビューイングが開催されることになった。観戦券を求める日本人が宏幸の他にも大勢いたが、試合開始直前になると、みんな断念してパブリックビューイングへと流れていった。

宏幸だけは、たった一人になっても、段ボールを手に競技場前に立ちつづけた。

人通りが疎らになったとき、ふいに、一人の外国人が声をかけてくれた。

「I have a ticket extra」

大柄な男が、そういって観戦券を見せてくれた。

宏幸は喜んで譲ってもらったが、その男は対戦国のアルゼンチン人だった。観戦券を見ると、大手自動車企業のアルゼンチン法人名が印字されていた。

平成十年六月十四日、ワールドカップフランス大会初戦、日本対アルゼンチン戦。

水色と白の縦縞模様のユニフォームを着たアルゼンチン人サポーターに囲まれた宏幸は、一人で青いユニフォームを着て試合を観戦した。周囲はおおむね大柄で、日本人としては小柄ではない宏幸も、まるで子供のようだった。総立ちの観客席で、彼は背伸びをするようにしてフィールドを見つめた。

しかし、待ちに待った試合が、昂揚する機会がないままに終ってしまった。日本のシュートが相手ゴールの枠内へとぶことはなく、アルゼンチンのエースストライカーであるガブリエル・バティストゥータの一撃に敗北した。アルゼンチン人の歓喜に揉まれ、彼らを祝福しながらも、悔しさを感じずにはいられなかった。

このワールドカップへ出場するために長い年月苦心惨憺《くしんさんたん》してきた日本代表だったが、初めての夢舞台はわずか十三日間で終ってしまった。今大会で日本代表は、アルゼンチン、クロアチア、ジャマイカと予選リーグの同組に入った。岡田武史監督による「一勝一分一敗で決勝トーナメント進出」との目標に、宏幸は期待していた。日本、クロアチア、ジャマイカの三カ国が初出場という珍しい組だったことも好都合に思えた。結果は、アルゼンチン戦〇対一、クロアチア戦〇対一、ジャマイカ戦一対二。初出場での勝点獲得、そして決勝トーナメント進出はならず、日本代表は、彼我《ひが》の差を痛感させられたかたちとなった。

宏幸はしかし、落胆してばかりではなかった。

最終ジャマイカ戦、帰国してテレビ観戦していた彼は、ある感動を覚えた。

日本代表にとってのワールドカップ初得点を記録したのは、あの中山雅史だった。

Ｊリーグ発足以前の平成二年、ジュビロ磐田《いわた》の前身であるヤマハ発動機に入社した中山は、サラリーマン生活も経験したプロ選手だった。三浦知良とともに、日本におけるサッカーの隆盛をずっと夢見て、ワールドカップへと挑んできた。「ドーハの悲劇」といわれるイラクとの最終戦では貴重な逆転ゴールをあげながら、途中交代してベンチに退いたあとに同点ゴールを決められて泣きくずれた。四年後のワールドカップフランス大会の最終予選では、「ジョホールバルの歓喜」といわれるイランとの第三代表決定戦で、先制点を決めて初出場に貢献した。そしてワールドカップ本大会、日本人初得点後、試合途中に右《みぎ》脚腓骨《あしひこつ》を亀裂《きれつ》骨折させながらも試合終了まで走りつづけた。

そんな中山の姿に、宏幸は夢を追いかけることの大切さを教わった気がした。

「ご声援、ありがとうございました」

きまって試合後に中山はそういうが、それを耳にするたび、宏幸は心のなかでかぶりを振った。ありがとうといいたいのは自分のほうなんだ、そう思わずにはいられなかった。中山は誰かに感謝されるためにサッカーをしているわけではないだろう。だが、その必死なプレーを見るたび、いつも自分の背中を押してもらっているように感じられた。

小学生の頃、宏幸も中山と同じサッカー少年だった。中学時代にサッカーをあきらめてしまってから二十一歳になるまで、失ってばかりのような七年間だった。学校へは通えなくなったし、高校受験もできなかったし、定職には就けなかった。仲間と呼べる者など一人もいない転地療養先の長野で、孤独と絶望にうちひしがれていた。

それなのに、中山が泣きくずれた「ドーハの悲劇」以降、観戦者としてではあったが、サッカーに近づいたことで多くを得た。勉強を始められたし、就職できたし、成田らクラブJBの仲間たちもできた。

フランスから帰国後、宏幸はクラブJBの面々に会った。

チケット問題で現地へ行けなかったり、行かなかったりした彼らに、土産を手渡したり、写真を披露したりして、ひととき宏幸は話題の中心になった。

サッカーを通じ、初めて恵まれた仲間と呼べる人々とつながっていられることに、宏幸はしあわせを感じた。この明るく、なんの憂いもなさそうに見える人々と一緒にいることで、自分が変われそうな気もした。


「ヘイ！　イシイくん！」

フィールド上にいる仲間が、自分を呼んでいた。

転がるサッカーボールと一緒に、宏幸は走っていた。

そして、自分を呼んだ声のほうへ、右足でボールを蹴ってみた。

回転しながら芝生の上を辷《すべ》ってゆくボールが、しだいに遠ざかっていった。

宏幸を呼んだ選手が、ボールを右足で受けとめてくれた。

「やった！」

一本のパスがつながったという、ただそれだけのことに、宏幸は無邪気な微笑をうかべた。

宏幸は、競技場にいた。

立っている場所は、こんどは観客席ではなかった。

静岡県裾野《すその》市にある時之栖《ときのすみか》スポーツセンターで、クラブＪＢの面々はサッカー合宿をしていた。天然芝二面、フットサル人工芝二面のフィールドがあるここでは、多くのチームが泊まりがけで練習をしていた。クラブＪＢもフィールドに隣接する宿舎に一泊し、サッカー三昧《ざんまい》の二日間をおくっていた。

初日はこの施設で出会ったチームに対戦を申しこみ、〇対五で惨敗した。ディフェンダーを任されて試合に出場した宏幸だったが、相手フォワードの速さについてゆけなかったり、ボールを奪われたり、クリアミスをしたりで、敗因となってしまったことは誰の眼にも明らかだった。

仲間から容赦ない言葉をあびせられた。「みんなの足を引っぱってるぞ」「小学生のときはもっとやれたはずだろ」「自分一人でも個人練習してこいよ」。

試合後は足腰が立たないほどに疲弊し、翌朝になると筋肉痛で階段の昇降さえ難儀して仲間に笑われた。

いまは、合宿二日目の午後。太股が張ってはいたが、彼は懸命に走りつづけていた。真夏の上空と同色の真新しいユニフォームを着ており、足にはスパイクを履いていた。それらは、サッカーショップにいそいそと買いに走った下ろしたてだった。

そして、彼の周囲には、パスを送ってくれたり、パスを受けとめてくれたりする、仲間たちがいた。

彼が走り、仲間たちも走る。

「ヘイ！」

彼が呼ぶと、仲間からボールが蹴られ、自分の足許へと転がってくる。

「ヘイ！」

彼が呼ばれると、仲間へとボールを蹴り、相手の足許へと転がってゆく。

仲間がパスし、彼が受ける。

彼がパスし、仲間が受ける。

ゴールラインから、ゴールラインへ。

くりかえし、何本も、何本も、走る。

ドリブルとパスとで一つのボールをみんなでつないで進んでゆき、最後には誰かがゴールめがけてシュートする練習中だった。

いま、走っている宏幸の眼前に、ゴールマウスが迫ってきた。

仲間の一人が、宏幸の前方の空間へパスを出してきた。

「イシイくん！　シュートだ！」

誰かの大きな声がした。

ボールに向かって走りこんだ宏幸は、右脚を後方へ振りあげてシュートした。しかし、たしかに蹴ったはずなのに、スパイクにはなんの感触もなく、勢い余って体を空転させて尻餅《しりもち》をついた。彼の足許をすりぬけてしまったボールが勢いを緩めずに転がってゆき、やがてサイドラインを越えて遠くまでいってしまった。

「なんだよそれ！」

「空振りはねえだろ！」

「決定的なチャンスだったのに！」

走るのをやめた仲間たちが、芝生に倒れたままでいる宏幸にいった。

「ごめんなさい……」

腰を強打したものか、顔を歪《ゆが》めている宏幸は、急いで立ちあがろうとしたが、「痛てて」といってその場にへたりこんでしまった。それを見ていた仲間たちに笑われると、仕方なさげに宏幸も笑った。

「そろそろ、あがるか」

誰かがいうと、「そうだな」とみんながベンチへ向かって歩きだした。

午後四時過ぎ、夏の日はまだ高かったが、翌日の月曜日からみんな仕事を控えており、車で帰宅することを考えると、遅くまで練習していられなかった。

みんなはベンチでユニフォームを脱ぎはじめたが、宏幸だけは、フィールドに大の字になって寝そべってしまった。午前三時間、午後三時間ほどの、遊びのような練習にすぎなかったが、長年の闘病生活のせいで運動不足の宏幸には過酷だった。シュートを外したいまも、ずっと走っていたためにすっかり息があがってしまい、寝そべったまま胸を膨らませたり萎《しぼ》ませたりしていた。身なりこそ上から下まで決めているものの、立ちあがれずにいるその姿や、ひ弱そうな細くて生白い腕や脚は、とうていサッカー選手には見えなかった。

芝生の上に寝そべっていると、夏の太陽に蒸された一葉一葉の蒼臭《あおくさ》さが鼻を突いた。全身から吹きだす汗がその芝生へと染みこむようで、自然と同化した気分になった。

乾いたタオルで顔だけでも拭きたかったが、尻餅をついたときの痛みが残っているし、サイドラインの向こう側のベンチ上に置いてあるタオルが入ったバッグを取りにいくだけの体力さえ残っていなかった。

大の字になったまま、彼は天を仰ぎ見た。

右眼はなにも見えなかったが、左眼だけで青空を眺めた。まだどこかのフィールドで練習がつづけられているのだろう、「ヘイ」と呼びあう声や、ホイッスルの音が遠くから聞こえた。

しばらく動かずにいると、突然、視界が遮られ、まっしろになった。

「おつかれさん」

誰かの声がした。

自分の顔がタオルでおおわれたのだとわかると、それを宏幸は右手で取った。

真上から、誰かが顔を覗きこんでいた。

すぐには誰かわからなかったが、左眼を凝らすと、ジョホールバルの弾丸ツアーで相部屋になった成田だとわかった。

「ありがとうございます」

自分の汗と同じ匂いがする成田のタオルで、宏幸は顔を拭《ぬぐ》った。

寝ている宏幸の傍に、成田が腰を下ろした。

「イシイくんってさ」

成田は、笑いたいのをこらえているようだった。

「サッカー、お上手じゃないね」

「そりゃ、そうですよ」

ようやく半身を起こした宏幸が応えた。

「ボールを蹴るの、中学生以来なんですから」

それに、眼が見えにくいし、とは、宏幸はいわなかった。

「ナリタさんは、やっぱりお上手なんですね」

「そんなことないよ」

成田の白髪混じりの長髪の先から、芝生へと汗の粒が落ちていた。

ぺこりと頭を下げ、宏幸が成田にタオルを返した。まだ出会って間もなかったが、成田とは自然にうちとけられたし、もう、長らく一緒にいるような気さえした。

「でも、イシイくんってさ」

タオルを受けとった成田がいった。

「サッカー、好きなんだね」

「え？」

「だってさ、お上手じゃないけど、一生懸命だもんな」

照れたように眼を伏せた宏幸は、告白するかのように、小さな声でぽつりといった。

「だって、僕には、サッカーしか、ないですもん」

宏幸は、自主練習を始めた。

毎晩一人で五キロのランニングをするようになり、仕事でどんなに帰りが遅くなった夜でも、寝静まった町を黙々と走りこんだ。また休日には、自宅近くの壁を相手にボールを蹴るようにもなった。インサイドキック、インステップキック、アウトサイドキック、トゥキック。壁に跳ねかえってくるボールをひたすら蹴りかえしていると、小学生時代を思いだした。誰も遊ぶ相手がいないとき、同じこの壁を相手に、いつまでも飽きることなくボールを蹴った。

自主練習を始めて半年が経った頃、クラブＪＢの練習の際、ミニマラソン大会をして持久力を競うことになった。以前は少し走っただけで顎《あご》を出していた宏幸が、十一人中二位になった。これにはメンバーが驚き、「どこにそんな力を隠してたんだよ」「いままで芝居してたな」「参ったよ」と認めてくれた。またサッカーでも、パスや、トラップや、シュートが決まるようになってくると、「上手くなってきたね」「なかなかやるじゃん」「秘密特訓でもしてるんだろ」と褒めてくれた。

宏幸の変貌ぶりは、サッカーばかりではなかった。

数年前までは、一日中自室で鬱然《うつぜん》としていたが、いまは眠るとき以外、いつでも扉の外側にいた。しかも、ジョホールバルやトゥールーズですっかり海外旅行に慣れ、こんどはロンドンへ一人旅をすることになった。

彼には、夢ができた。

その第一歩として選んだのが、サッカーの母国イギリスだった。

以前ワールドカップでフランスを旅したとき、電車の車窓から、サッカーの理想郷のような光景を幾度も眼にした。天然芝のサッカーコートが、一面や二面でなく、十面以上も広がっているそこで、子供も大人も楽しげにボールを蹴っていた。電車で通過するどの町にもそのようなスポーツ施設があり、天然芝がきらきらと輝いて見えた。

ひるがえって日本は、天然芝のサッカーコートは首都圏には稀少で、クラブＪＢでグラウンドを確保する際にはいつも苦労した。ようやく予約できても人工芝の狭い場所がほとんどだったし、それに料金が安くなく、毎週プレーすることが難しかった。これでは多くの日本人が、体育の授業でしかサッカーができなくても不思議はなかった。環境面だけから見れば、平成十四年のワールドカップ開催国に立候補したことが、宏幸には恥ずかしくも思えてきた。

サッカーが、日常であり、スポーツであるヨーロッパ。

サッカーが、非日常であり、教育でしかない日本。

そのような環境を、どうにか改善できないものかと宏幸は思った。

中学も満足に通えず、高校にも進学していない自分に、なにができるのかわからなかった。だが、サッカーに多くを教えられ、多くを与えられたいま、サッカーに恩返しがしたかった。

独学で覚えた英語は、日常会話に困らないくらいになっていた。それを活《い》かしてサッカーの母国へと渡り、留学してスポーツ文化の発展やスポーツ経営を学ぶことで、Jリーグの振興や、さらには日本代表の強化に、微力ながら貢献できないか。まずは短期現地へ赴き、留学先の学校を探そうと、彼は貯金を下ろして単身渡英した。


宏幸は、曇天の下を歩いていた。

滞在した十三日間、ロンドンは快晴の日が一日もなかった。

市内の安ホテルをチェックアウトし、スーツケースを転がしながら、地下鉄ピカデリー線グリーンパーク駅へ向かって歩いていた。

市の中心部にあるグリーンパーク駅には三路線が乗りいれており、乗換えのターミナルとしても多く利用されるため、ラッシュアワーにはプラットホームに人があふれる。だが、いまはまだ早朝五時半。地下に下りても、彼の他に人気《ひとけ》はなかった。

ロンドン市民が親しみをこめて「the Tube」と呼ぶように、この世界最古の公共地下路線は、トンネルのほとんどが円筒形に掘られている。宏幸が下りたったグリーンパーク駅構内も筒状で、電車がやってくるであろう暗闇を見つめていると、まるで巨大ななにかに飲みこまれ、その消化器官のなかにいるかのように錯覚した。

ホームの中程まで歩くと、自分の足音とスーツケースのキャスターが回る音とが、湾曲《わんきょく》した天井に響いた。ヒースロー国際空港に隣接したヒースローターミナル駅へは、このピカデリー線を使えば乗換えなしで行ける。旅を終えようとしている彼は、午前発の便で帰国するために空港へ向かっているところだった。

イギリスでは感心させられたことが多々あった。国際親善試合のイングランド対ブラジル戦を、「サッカーの聖地」と呼ばれるウェンブリースタジアムで観戦した。屋根付き競技場としては世界最大級となる九万人収容のスタンドにも圧倒されたが、そこを埋めつくしたサポーターの多様さも意外だった。イングランドといえば、試合会場の内外で暴徒化する「フーリガン」が有名で、たしかに一部ゴール裏席にはそれに類似したサポーターも見受けられた。だが他の席では、紳士的に競技に熱中している者がほとんどで、彼らは歌うでも踊るでもなく、ただ選手の一挙一動を真剣に見守っていた。なかには老婦人や少女もおり、十代から二十代の若者が多いJリーグや日本代表の試合会場とは雰囲気が違っていた。

それだけでなく、留学予定の学校を訪問する合間にも、多くの公園で、天然芝の上でボールと戯れている少年たちの姿を見かけた。また地下鉄には、「アーセナル駅（ジレスピーロード)」「ウエストハム駅(アップトンパーク)」など、ロンドンをホームタウンとするサッカークラブから名前をとった駅が存在するなど、いかにサッカーが文化として市民生活に根付いているかを感じた。

いま、日本へ帰国するにあたり、グリーンパーク駅のプラットホームに、宏幸は立っていた。

彼は、希望に満ちていた。

中学を不登校になって以降、初めて夢ができたことが嬉しかった。スポーツ経営学を専攻できるいくつかの学校を見学し、留学先のあたりもつけた。あとは日本で懸命に働き、留学資金を貯め、できるだけ早いうちにふたたび渡英しようと心に決めていた。

遠くからやってくる電車の轟音《ごうおん》が聞こえてきた。

音のほうに顔を向けた宏幸は、円筒形の暗闇の先から二つのヘッドライトの光が徐々に近づいてくるのを見つめていた。

レールを辿ってホームへと進入してきた電車が、すぐ傍まで迫ってきた。

宏幸は、電車の行先表示板を確かめようとした。ピカデリー線はロンドン郊外で二股に分かれ、本線はヒースロー方面へ行くが、支線はそれより北部にあるアックスブリッジへと行ってしまう。

先頭車両の運転席上部に点灯している、行先が掲示されているはずの表示板を、宏幸は凝視した。

しかし、アルファベットがぼんやりと霞んでしまい、なんと書かれているのか文字を読みとることができなかった。

電車は速度を緩め、やがて停止して扉を開けたが、宏幸は乗車しなかった。もしアックスブリッジ行きに乗ってしまうと面倒なことになる。まだ時間に余裕もあることだし、次にやってくる電車がヒースロー行きであることを確かめてから乗ればいいと思った。

ホームに立ったままその電車を見送ると、分厚い眼鏡のレンズをシャツの裾《すそ》で拭きながら後続の電車を待った。眼鏡をかければ、失明していない左眼の視力は〇・七はあるはずで、表示板の文字くらいならしっかりと読める。

十分ほど経ったのち、また轟音とともに電車が現れた。

こんどは見逃すまいと、宏幸は左眼を細めて表示板を注視した。

しかし、やはり文字が霞んで読みとれなかった。

——ん？　どうしたんだ……。

行き先はわからなかったが、車内にスーツケースを持った人が座っていることを確認し、ヒースロー行きと推測して慌ててその電車に乗った。

――旅の疲れのせいかもしれないな……。

座席に腰掛けた彼は、自分にいいきかせるように、つとめて冷静に心のなかでいった。

扉が閉まると、電車がゆっくりと動きだし、しだいに速度を上げていった。

座席で揺られながら、車内を眺めてみた。

地下鉄のため窓の外はまっくらでなにも見えなかったが、向かい側の座席の上に地下鉄の路線図が貼られており、それを見つめてみた。

まったく文字が読めず、路縮図全体が白く濁《にご》ったようにぼんやりとしていた。

ふいに彼は立ちあがり、左眼を凝らしてあちらこちらを眺めまわした。

車内のどこに焦点を合わせても、細部が見えなかった。

電車が速度をゆるめ、次の駅のホームへと進入していった。

駅名のアルファベットが大きく記された看板が車窓に映ったが、宏幸は、それさえも読みとることができなかった。

彼は、混乱した。

――まさか……。

にわかに、かなりの重量をともなった恐怖に胸を圧《お》され、息苦しさに喘いだ。

定期検診を欠かすことなく、点眼薬や内服薬で眼圧を制御してきた。最近では頭痛や吐気など眼圧が高いときに表れる自覚症状も少なく、サッカーをしても平気なほどだった。緑内障は完治が困難で、いつかは残された左眼が失明してしまうかもしれないことも認識していた。だがそれは、遠い未来の年老いてからのことだろうと思っていたし、医師もそのようにいっていた。

日頃は、病気のことをあまり意識しないようにしていた。失明することを想像すると鬱然としてやりきれなかった。もし視力を失えば、留学はもちろん、サッカーを見ることも、サッカーをやることもできなくなってしまう。それどころか、ふだんの生活すら覚束《おぼつか》なくなる。

再度電車が走りだすと、スーツケースを両膝の間に挟み、宏幸は座席に腰を下ろした。

——そんなはずない……。

彼は、かぶりを振った。

——こんなに早く緑内障が悪化するなんて、そんなはずない……。

その場でスーツケースを開け、中から点眼薬を取りだすと、眼鏡を外してそれをさした。涙のように溢れた薬液を手の甲で拭い、ふたたび眼鏡をかけた。

幾度も瞼《まぶた》を瞬《しばたた》き、あたりを忙《せわ》しなく見つめた。

——夢が、ようやく見えてきたんだ……。

やはり、どこを見ても、白濁したようにぼんやりとしていた。

——なのに……。

座席で揺られながら、宏幸は瞼を閉じた。

——なのに、終りの、始まりなのか？

最後に見るもの

霧雨《きりさめ》が本降りに変わった国立競技場の観客席で、石井宏幸は濡れるままになっていた。彼の視界には、いつもの光景がひろがっていた。青い選手たちがゴールを目指してフィールドを駆け、青いサポーターたちがゴール裏席から選手たちを鼓舞していた。宏幸にはしかし、そんな見慣れた景色すべてが、遠退《とおの》いて見えた。

いつものゴール裏席には行かず、メインスタンドの観戦券を購入した。いつものように立ちあがるのではなく、座席に腰掛けたまま観戦した。そして、いつもなら傍に成田宏紀らクラブＪＢの面々がいたが、いまは一人だった。五万五千人が詰めかけた競技場で、彼は孤独だった。

そこは、メインスタンドでも屋根がない部分で、周囲の観客は用意周到にポンチョのようなレインコートや透明ビニールのカッパを着て雨を凌《しの》いでいた。だが宏幸は、ビニール傘しか持っておらず、傘を開くと背後の観客が見づらくなって迷惑かと思って濡《ぬ》れ鼠《ねずみ》になっていた。

平成十二年九月五日、シドニーオリンピック壮行試合、日本対モロッコ戦。

オリンピック日本代表には、ドーハやジョホールバルからの馴染《なじ》みの選手、中山雅史らがいなかった。ワールドカップと異なり、オリンピックには参加選手の年齢制限二十三歳以下という大会規定がある。各チーム三人まで二十四歳以上のオーバーエイジ選手が参加できることになってはいたが、日本はワールドカップフランス大会時のベテラン選手を加えることはしなかった。

シドニーオリンピック日本代表の主力は、平成十一年ワールドユース選手権で準優勝した際のメンバー、稲本潤一《いなもとじゅんいち》、遠藤保仁《えんどうやすひと》、小笠原満男《おがさわらみつお》、小野伸二《おのしんじ》、高原直泰《たかはらなおひろ》、中田浩二《なかたこうじ》、本《もと》山雅志《やまさし》ら、「黄金世代」と称される若手たちだった。一世代前とは異なり、ワールドカップ出場が夢などではなく、ワールドカップでの勝利が目標で、いつも世界を標榜《ひょうぼう》している彼らは、宏幸より十歳近くも歳下だった。

この試合は、四日後にシドニーへの出発を控えた壮行試合で、フィールドでも観客席でも笑顔が多く見られる雰囲気は、どことなく前夜祭のような華やぎすら感じられた。ドーハやジョホールバルのときのような、国民の多くが勝利を希求する切迫感はなかった。

試合内容は、日本の若い力による希望を感じさせるものだった。前半八分、相手のミドルシュートで先制点を許しながら、同十七分に三浦淳宏《みうらあつひろ》のコーナーキックからオウンゴールを誘って追いついた。さらに後半四分にも中村俊輔《なかむらしゅんすけ》のセンタリングを相手がクリアミスしてオウンゴールで逆転し、同十四分には本山のミドルシュートで追加点をあげた。以降は守備も危なげなく無失点で、大勝してシドニーへと旅立つことになった。

日本のゴールが決まるたび、観客席は沸いた。同点弾と逆転弾がともにオウンゴールだったこともあり、失笑混じりの歓喜だった。

日本が得点した三度とも、宏幸は立ちあがらなかった。逆転して周囲が総立ちになって昂奮していたときでさえ、彼だけは座ったまま微動だにしなかった。

ゴールが決まったかどうか、彼にはわからなかった。それどころか、グラウンドを走っているのが誰なのかさえわからなかった。右眼は失明しており、左眼も霞んでしまっていた。もはや、彼は、サッカーを見ているのではなく、ただその場にいるというだけだった。

試合終了後、選手が観客席に手を振ると、ゴール裏席からニッポンコールが響いた。それとともに、「いってらっしゃい」「頑張ってこいよ」「メダル頼んだぞ」などと、選手と同世代の若い観客が口々に叫んでいた。

そのとき、すでに宏幸は観客席にはいなかった。試合終了のホイッスルを待たずに席を立ち、出口へ向かって歩きはじめていた。選手たちに拍手や声援をおくっている余裕などなかった。かなり視界が危ういため、階段を踏み外さないようにしたり、通路を行き交う人々とぶつかって倒れないようにしたりするのがやっとだった。混雑するまえに競技場を出ようと思っていたが、手探りのような歩みが遅くて間にあわず、通路に人があふれだしてしまった。それに揉まれるようにして、彼は必死の形相で、少しずつ出口へと前進した。

——皮肉だな……。

照明灯が眩いフィールドに背を向けた彼は、ステンレスの手摺《てすり》につかまってゆっくりと階段を下りていった。

——選手たちが世界へ行ってきますってそのときに、俺は……。

ふいに、ジーンズのポケットのなかで、携帯電話が震動した。

誰がかけてきたのか、携帯電話の液晶画面を見なくてもわかっていた。彼には、クラブJBのメンバーの他には、友と呼べる者など誰もいなかった。試合が終ったばかりのこのときにかけてくるのは、ほんとうならこの晩一緒に観戦するはずだった成田に違いなかった。

——きっと、みんなは、勝利を喜んでいるんだろうな……。

試合後は都内のスポーツカフェで、その日のサッカーについて語りあうのがクラブJB

の通例になっていた。サッカーでつながっている者同士、サッカー観戦後は彼らにとって至福のときでもあった。ましてやオリンピック直前、ツアーでシドニーまで行く者もいることから、スポーツカフェは楽しげに盛りあがるに違いなかった。

ロンドンから帰国後、宏幸は誰とも会わなくなった。

クラブＪＢのメンバーから飲み会やサッカーの誘いを受けてもすべて断り、メールすらあまり返信しなくなった。この日の観戦も成田に誘われていたが、短い断りのメールを送った。理由には触れず、ただ「都合が悪くて」とだけ書いた。

ヒースロー国際空港へと向かう地下鉄に乗ろうとしたとき、左眼の視覚異常を自覚した。海外旅行による疲労のためと思おうとしたが、帰国してからも症状は改善されなかった。やけに光が眩しかったり、反対に薄暗く感じられたりした。パソコンを操っているときに、マウスポインタを見失ってしまうこともあった。左眼にデスクライトの蛍光灯を当ててみると、右側の視野が部分的に欠損していることがわかった。

眼疾患を扱った分厚い医学書を買ってきて症状を調べると、あらためて緑内障の恐ろしさを知る思いがした。房水《ぼうすい》という液体によって適度な眼圧が与えられていることで、眼球は丸く保持されている。その房水を排出すべき器官の異常により、房水が溜まって眼圧が上昇してしまうのが、緑内障の始まりとされている。さらに房水量が増加して眼球が膨張すると、圧迫された視神経の一部が壊死《えし》して脳に情報が伝達されなくなる。視野欠損はそうして起こり、いずれは失明に至ってしまう、と医学書には記述されていた。

病院で検査を受けてみると愕然《がくぜん》とした。

医師の診断によると、ただちに手術しなければ、急速に視野欠損が進んで数年かからずに失明してしまうとのことだった。房水を排出すべき器官のバイパス手術は困難を極めるが、このまま放置しておけば失明は免れず、手術に賭けてみる以外に選択肢はなかった。

宏幸は、過去に九回も眼球手術をくりかえしてきた。なのに右眼は失明し、そして左眼までも危機に瀕《ひん》している。十回目となる、しかも成功率が高くはないという手術の宣告に、黯然《あんぜん》とした気持にさせられた。

病院での検査後、実家に帰宅して診断結果を家族に話した。父は深い溜息をつき、母は涙を浮かべた。姉はしばらく黙っていたが、「なら、手術するしかないよね」といった。

家族には話せても、クラブＪＢの面々には話せなかった。ジョホールバルからずっと、彼らとはサッカーでつながり、喜びや楽しみを共有してきた。自分個人の病気の辛苦など、彼らとの関係性においては邪魔でしかないように思えた。これから始まるシドニーオリンピックへ向けて浮かれているときに、自身の暗い知らせで水をさすようなことをしたくなかった。

クラブＪＢは、もはや過去の思い出でいいと、彼は思おうとした。中学生のときに不登校になって以来、仲間など一人もいなかった。それが、たまたまジョホールバルで彼らに出会った。異国での、あの歓喜から始まったすべての楽しかった記憶は、自分にとって、できすぎた思い出だと思った。いま、自分の苦しみや悩みまで彼らにおしつけてしまうことで、過去を汚《けが》してしまいたくなかった。

この日の壮行試合、彼は観戦するつもりはなかった。だが、ふと、もしかしたら、肉眼でサッカーを見られるのはこれが最後かもしれないと思った。クラブＪＢの面々がいるゴール裏席とは離れたメインスタンドの観戦券を購入し、一人で国立競技場へとやってきた。フィールドのプレーは、ほとんどなにも見えなかったため、観戦したというよりも、観戦できないことを確かめるために来たかのようだった。疎外感と孤独感がおしよせてきて、ここに来たことを後悔した。

いま、その帰路で、携帯電話が震えていた。

きっと、成田が呼んでいるのだろう。試合結果を伝えようとしてくれているのかもしれなかったし、競技場には来られなくともスポーツカフェにだけでも顔を出せと誘ってくれているのかもしれなかった。

宏幸は、ポケットから携帯電話を取りだした。

二時間も雨のなかで観戦していたため、ジーンズのポケットに入れていた携帯電話までが濡れていた。二つ折りのそれを開くと、液晶画面が光った。濡れはしても壊れていないようだった。

液晶両面の文字を見た彼は、誰が鳴らしているのかを確かめようとした。だが、左眼が霞んでなかなか文字を読みとることができなかった。顔に近づけることでようやく文字が見えた。はたして、呼びだしているのは成田だった。

彼は、通話ボタンを押さずに電話を閉じた。そして、震動したままのそれを、ジーンズのポケットへと押しこんだ。

手に持っていた透明なビニール傘を開き、競技場を出た。

いつしか、雨は強さを増し、競技場前の外苑西通《がいえんにしどおり》を次々と通りすぎるタクシーが水飛沫《しぶき》をあげていた。

それを歩道で避けた宏幸は、もう全身濡れているのだから、いまさら避ける必要もないかと思いつつも、それでもまた避けて、駅へ向かって歩いた。

まだ、遠くの観客席から、ニッポンコールが聞こえていた。その音や、照明灯の光に背を向け、彼は歩いた。

また、ジーンズのポケットで携帯電話が震えたが、かまわずに歩いた。

駅まではすぐのはずだったが、いつもより長く感じられた。

やがて、携帯電話の震動は止まった。

傘の柄を強く握りしめ、まるで引きつけられるなにかから無理矢理に離れようとするように歩いた。

せつなくて、むなしくて、無性に泣きたい気分になったが、彼は泣かなかった。

「さよなら……」

彼は、小さく呟いた。

「ナリタさんも、みんなも、サッカーも……」


シドニーオリンピック壮行試合の一週間後、宏幸は入院した。

手術を翌日に控えた夜、病室のベッドに横たわる彼は、いつまでも瞼を開けたままでいた。

消灯時間の九時を少し過ぎた頃に現れた看護師に、部屋の灯りを消された。

いつまでたっても、彼は眠れなかった。

暗闇に眼が慣れて、牢獄のようでもある、自分をとりかこむ病室の天井や壁や窓がぼんやりと見えた。

すべてが霞んでしまってはいるものの、いまの彼には、まだなんでも見ることができた。

——最後に、なにを見ようか……。

昼間から、自問をつづけていた。

日中、なかなか答えが出ずに、院内の庭へ出てみた。

美しい花でも見ようとしばらく歩いたが、初秋の花壇にはあざやかな色はなく、幾本もの向日葵《ひまわり》が首を折るように朽《く》ちかけているだけだった。

病室へ戻ると、深刻な面持の母が待ってくれていた。だが、なにも話すことなどなかったし、いまにも涙ぐみそうなその顔をこれ以上見たくはなく、「もう心配いらないから」といって帰ってもらった。

病室で一人になると、看護師がやってきて、一枚の紙を手渡された。それは誓約書で、明日の手術が成功せずに失明することになっても、病院側に賠償請求をしないという条項が記されていた。「同意します」を円で囲み、署名しなければならなかった。あたかも、それは、覚悟を促す儀式のようにも思えた。

——最後に、なにを見ようか……。

なにも見えなくなるかもしれない手術を前に、なにを見て記憶に焼きつけるか。

手術は明日であり、答えを急がなければならなかった。

部屋の灯りを消されても、眠気などおとずれるはずがなかった。

暗闇のベッドから半身を起こし、枕許《まくらもと》の蛍光灯のスイッチを点《つ》けてみた。

シーツの白さに眼が眩《くら》んだ。

ベッドの脇にある棚の引出しから、小さなノートパソコンを出した。ベッドに座って両脚を蒲団《ふとん》のなかへ潜りこませたまま、膝の上にパソコンを置いた。電源を入れると、彼はキーボードを叩きはじめた。

――遺書くらい、のこさなきゃな……。

眼が見えなくなってからでは、メールが書けない。一週間前の国立競技場では、クラブJBの面々に会わなかった。だがやはり、仲間と呼べそうな彼らには、なぜ自分が姿を消したのかだけでも伝えておかなければならないと思った。


《みなさん、ご無沙汰してしまってすみません。先日の壮行試合も、その後の飲み会にも参加できなくてすみません。遅くなりましたが、ヤブチくん、娘さんの誕生おめでとう！　きっと、ヤブチくんの奥さんに似て、元気な可愛い赤ちゃんでしょうね。お祝いも送れずにすみません。

突然ですが、みなさんにご報告しなければならないことがあります。ヤブチくんみたいにおめでたい話じゃなくてすみません。それに、シドニーへ行っている人には、楽しい旅行の最中なのに明るい話じゃなくてすみません。

出会ってからずっと話さずにいましたが、僕は、ずいぶん以前から眼の病気を患っています。緑内障という、失明する可能性のある病気です。いずれは見えなくなる日が来るのかもしれないと思っていましたが、それはジイさんになってからだろうと勝手に信じていました。治療もしていたし、薬も飲んでいたので大丈夫だろうと。

でも、大丈夫ではありませんでした。すでに右眼は数年前からまったく見えず、残る左眼も、二カ月前のロンドンで悪化してから、視界がぼやけてしまっています。

いま、僕は入院しています。明日、手術することになりました。もしかすると、成功しなければ、そのまま失明してしまうかもしれません。成功したとしても、失明を遅らせられるというだけのことです。いずれにしても、もうみなさんの顔を見ることはないと思います。ヤブチくんの赤ちゃん、見たかったな。

みなさん、これまで、仲良くしてくれて、ありがとうございました。一緒にジョホールバルで喜びあったこと、一緒にサッカーをして笑いあったこと、それ以前の僕の人生ではありえなかったくらい、ほんとうに、ほんとうに、楽しかったです。みなさんとの思い出、一生忘れません。いままで、どうもありがとうございました。

石井宏幸》

クラブＪＢのメンバー全員にメールを一斉送信すると、彼はパソコンを閉じた。

きっと返信があるだろうが、明日になったら、それを読むこともできないかもしれない。

蛍光灯を消し、また暗闇に戻って、同じ問いをつづけた。

——最後に、なにを見ようか……。

いくら考えても、答えが見つからなかった。

看護師が歩いてくる音が廊下から近づいてきて、宏幸の部屋の扉を開けた。

懐中電灯を照らして看護師が入ってくると、彼は瞼を閉じた。

彼が眠っていると確認した看護師が去ってゆくと、すぐに彼は瞼を開いた。

それからも、しばらく自問をつづけていた。

そして、ふと、気付いた。

なぜ、答えが見つからないのか。

——そうか……。

彼は、自分自身にいった。

——もう、俺は、いままで与えられていた視力で、多くのものを見てきたからだ。

彼は、これまで見てきたものを、瞼の裏に浮かべてみた。

――富士山や、満開の桜、忘れない。

いつでも荘厳で神聖な日本一の山を、二宮町の自室の窓から眺めるのが好きだった。街路樹のソメイヨシノが咲きほこり、花のトンネルになった小学校の通学路を歩くのが好きだった。

――父さんの顔、母さんの顔、姉さんの顔、忘れない。

ロンドンへ留学したいと初めて夢を語ったとき、喜んでくれた父の顔が好きだった。心配させっぱなし、苦労させっぱなしで、哀しい顔をすることが多かった母だが、ときおり、自分の下手なジョークに笑ってくれた顔を見るのが好きだった。いつも励ましてくれていた姉がテレビで見る映画に感激して涙ぐんでいるときの顔を見るのが好きだった。

――クラブＪＢのみんなの顔、忘れない。

ジョホールバルの帰りのバスでシャンパンをまわし飲みした。サッカーをして一緒に汗まみれになった。そして、いつか、成田がいった言葉が、耳から離れなかった。

「俺たち、戦争は知らないけれど、ジョホールバルで一緒に戦った、戦友みたいなもんだからな」

戦友一人ひとりの顔が、自分に笑いかけてくれているように思えた。

――ジョホールバルのゴールも、忘れない。

左サイドにいた中田英寿が、相手ディフェンダーの頭上を越えるクロスボールを蹴った。それはまるで、ゴール裏席にいる自分のほうへと飛んでくるかのようだった。あまりの軌道の美しさに、口を開けて見惚れた。その放物線の先に、フォワードの城彰二が走りこみ、頭で合わせてシュートした。自分の眼の前にある橙色のゴールネットが揺れた。観客席も揺らぐほど歓喜に沸いたが、自分だけは茫然としたまま動けなかった。

――いままで見てきたもの、みんな、みんな、忘れない。

彼は、大きく息を吸いこんだ。

――眼が、見えなくなる……。

彼は、ぎゅっと瞼を閉じた。

――なにも、見えなくなる……。

ベッドに横たわる自分の、頬や、耳や、枕が濡れてゆくのがわかった。最後にサッカーを見た国立競技場の帰り道では我慢できた涙が、いま、こぼれおちた。

――まだ、見ていたいよ……。

涙が溢れて止まらなかった。

――ずっと、ずっと、見ていたいよ……。

手術当日を迎えた。
一晩泣き腫《は》らした眼で、術前の宏幸が、最後に見たもの。
それは、昼食後に出されたケーキだった。
それに口を付けず、宏幸は、手術台へと向かっていった。

闇のなかのゴール

手術は、成功しなかった。

手術室から病室へと戻ってきた宏幸は、左眼にガーゼを充《あ》てられており、それをテープで止められていた。

右眼は失明しており、左眼はガーゼで塞がれているため、彼にはなにも見えなかった。

車椅子に座り、それを看護師に押してもらいながら病室へ入ると、すぐに声が聞こえた。

「ヒロユキ……」

聞きなれた声だった。

いま、母がどんな表情をしているのか、宏幸には想像できた。母に心配させないような言葉をかけなければと思いながら、彼は、なにもいえなかった。

看護師に手を引かれてベッドまで歩き、そこに横たわった。

看護師が部屋を出てゆく音がすると、母がおろおろしているようで、いろんな物音がして煩《わずら》わしかった
「悪いけど――」

つとめて優しく、宏幸はいった。

「今日は、一人にしてもらっても、いい？」

「あ、うん、わかったよ」

母も優しくそういうと、すぐに「じゃあね」といって扉が開閉する音がした。

とたんに、無音になった。

なにも聞こえず、なにも見えなかった。

暗闇に、先程の手術の光景を思いうかべてみた。

手術台に寝そべっていると、鋭い針が迫ってきて、左の下瞼に麻酔注射を打たれた。激痛を感じたが、しだいに顔全体の感覚がなくなってゆくのがわかった。顔に布を被せられ、左眼部分にだけ開けられている穴から瞼を開けてのぞいてみた。あてられたライトが強烈に眩しく、まっしろでなにも見えなかった。頭と両手をバンドで拘束されて動けなかった。これまで九回も眼球手術を受けてきて慣れているはずなのに、自分の体の異変に驚いた。両手が、がたがたと震えて止まらなかった。その手で、手術台についている手摺をきつく

握りしめた。

ぎらぎらしたメスが飛びこんで来るように見え、手術が始まった。

長時間恐怖や不安に耐えていたが、やがて、それが絶望へと変わっていった。

眼が黒い液体でおおわれるのがわかった。それが血液であることに気付くのに時間はかからなかった。執刀医が呻《うめ》き声を出しながら、「止血」という単語を幾度も発していた。

術後、「残念だけれど」で始まった執刀医の説明に、宏幸は言葉をなくした。

緑内障のバイパス手術自体は成功したが、メスを入れた角膜と水晶体との間にある薄膜《はくまく》の虹彩《こうさい》を縫合し終えようとしていたとき、突然、眼底出血が起こった。出血箇所を焼くことで止血を試みたが、なかなか止まらず、仕方なくそのままガーゼで押さえることで手術を終えたらしかった。

出血原因は、網膜静脈閉塞症とのことだった。もう、新しい眼病の名前を聞くのはうんざりで、そこから先の説明は聞いていなかった。

手術から戻った一人きりの病室で、彼は深い溜息をついた。

——もう、どうでもいいよ……。

医師は再手術の必要があるといっていたが、どうせ失明に至るならば、これ以上、なにもしたくなかった。

なにも見えない暗闇のなかで、彼は、ベッドから動かずにいた。
——すべて、終ったな……。
昨晩から泣きつづけたせいか、涙は涸《か》れていた。
虚脱感に全身を支配され、なにもしたくなかったし、なにも考えたくなかった。
長い時間、死者のように、じっと仰臥《ぎょうが》したまま動かなかった。
しかし、突然、ベッドから跳ね起きた。
——そうだ！
彼は、暗闇のなかで手探りを始めた。
——今日は、九月十四日じゃないか。
ベッドの脇にある小さな棚をしばらく手探りしていると、なにかを見つけた。
それは、テレビのリモコンだった。
彼は、電源スイッチを押した。
ベッドの足許側に置かれているテレビの電源が入る音がした。
そして、すぐに、テレビのスピーカーから騒がしく音がしはじめた。
チャンネルを変えてゆくと、アナウンサーの絶叫が耳にとびこんできた。
《入ってしまった！》

悲痛な叫びだった。

《先制は、南アフリカ！　前半の三十一分！　なんと先制は、南アフリカ！》

宏幸は、耳をすました。

《決めたのはノンヴェテ！》

アナウンサーが伝える一言一句を聞きのがすまいと、音がするほうへ神経を集中させた。

《よもやの展開になっています！　ニッポンが苦しんでいます！》

シドニーオリンピック初戦、日本対南アフリカ。

試合は前半ロスタイムに入っており、得点は〇対一。

アナウンサーは、次々と日本のピンチを伝えていた。

中田英寿のシュートが阻まれたり、中村俊輔が倒されたりした。

それらの場面を宏幸は見ることができなかったが、脳裡《のうり》に思いうかべてみた。

芝生の上を、青いユニフォームを着た選手たちが駆けている。九月、日本は暑いが、シドニーは真冬だ。白い息を吐きだしているその息づかいまで、彼には想像できた。

《ロスタイムに入ってニッポン、最後のプレーでしょうか。ナカムラのフリーキック》

背番号10が、両手を腰に当ててゴール方向を見つめている姿を想像した。

ぴぃーっ！

キックを促す主審のホイッスルの音が、はっきりと聞こえた。
《ナカムラがボールを入れる！》
左脚で蹴られた、放物線を描くボールを想像した。
《ゴール前だ！　いいボールだ！》
複数の選手が、ボールめがけて飛びこんでゆくのを想像した。
《シュート！》
誰かがシュートしたのだろう。
《ゴール！　ゴール！　ゴール！　ゴール！　ゴール！　ゴール！》
宏幸は、ベッドから立ちあがった。
手術の直後で三日間は絶対安静と医師にいわれていたことなど忘れていた。
《ニッポン、ロスタイムに同点！　タカハラ、ついにゴールの枠《わく》を捉えました！》
ベッドの脇に立ちあがったまま、宏幸は見えない試合を見つめていた。
シドニーオリンピック日本代表は、初戦の南アフリカ戦を二対一で逆転勝利した。
その後、第二戦のスロバキア戦も二対一で勝利し、第三戦のブラジル戦では〇対一で敗戦したものの、決勝トーナメント進出を果たした。

しかし、ワールドユース同様に決勝戦までいくことを狙っていた若い代表選手たちは、準々決勝で敗れてメダル獲得はならなかった。

準々決勝のアメリカ戦は、二対二のまま決着がつかずにＰＫ戦となり、四人目のキッカーである中田英寿が外したことで敗退が決まった。

その敗戦直後、宏幸は再手術を受けた。

けれども、その眼は、もう二度と、光を感じることはなかった。

真夜中の庭

瞼を開け、閉じ、そして、また開けた。

しかし、石井宏幸には、なにも見えなかった。

手術から三カ月が経ち、二宮町の実家へ戻っていた。

いま、二階にある自室のベッドに横たわっている彼は、入院中につけていた左眼の眼帯を外していた。メスを入れられた眼球が痛むことはなかったが、手術が成功しなかったという事実は、瞼を開閉することで理解できた。

部屋の扉には、数年前に自分が貼ったオーストリア人指揮者がタクトを振っているポスターがあるはずだった。本棚のなかには、学校へ通わなくなってから読むようになったロシア人作家の小説が並んでいるはずだった。机の上には、英語の教材やサッカー雑誌が山積みされているはずだった。窓の外には、幼い頃に姉と遊んだ袖《そで》ケ浦《うら》海岸と相模《さがみ》湾が望めるはずだった。

それらすべてが、見えなかった。

蛍光灯のスイッチを消してみても、点けてみても、蒲団を頭からかぶってみても、頭を出してみても、枕に顔を埋めてみても、顔を上げてみても、なにも変わらない闇だった。

退院後、ほとんどの時間を自室のベッドで過ごした。いまも、雨戸を閉めきった部屋のなかで、見えない天井を見つめていた。

突然、扉を敲《たた》く音が響いた。

「開けるわよ」

聞きなれた姉の声がして、扉が開く音と、電気のスイッチを点ける音がした。

部屋が明るくなったことや、姉がこちらを見つめていることは想像できたが、ベッド上の彼は、身動きしなかった。

「たまにはさ」

部屋には入らず、優子がいった。

「下に来て、お父さんやお母さんに顔を見せて、一緒にご飯、食べたらどう？」

退院直後こそ家族と一緒に食事をしていたが、箸《はし》で料理をつまむだけでも一苦労で、口に入れられずに落としたり、こぼしたりした。匙《さじ》も用意されたが、幼児に戻ったような気がするのでなるべく使いたくなかった。テーブルの上のグラスを倒し、母や姉が慌てて拭くようなこともあった。食べおえるのに時間がかかり、自分がいるといつまでも片付かないように思えた。

父も、母も、姉も、焦らせるようなことはいわなかったし、いつでもさりげなく世話をやいてくれた。「サラダは奥だよ」「魚はもう少し右よ」「お味噌汁はまだ熱いよ」。そのいたわりを素直には受けられず、他者がいなければ生きられないことを再認識させられている気がした。

いつしか彼は、誰もいないときに台所へ入り、手探りで食べ物を探し、それを牛乳で流しこんで済ませることが多くなった。長らくそんな食生活をつづけていたせいか、いまベッドにいる彼は、全身痩《や》せほそり、頬が骨張って眼の下がくぼんでいた。

「お父さんもお母さんも、心配してるんだよ。下りて来ない？」

諭すような言葉遣いだったが、姉もまた心配してくれているということが、その静かな声の調子からわかった。

しばらく返事を待っていたようだが、宏幸がなにもいわずにいると扉を閉める音がした。

姉は大学卒業後、デザイン会社に勤めていた。その姉が自宅にいるということは、いまは平日の夜なのだろうか、もしくは土曜日か、日曜日か。曜日や時刻が、彼にはまったくわからなくなっていた。

退院してきたその日のうちに、宏幸は三つのことをした。

手探りで壁掛け時計を外し、電池も外して動きを止めた。

手探りで窓を開け、雨戸を閉めきってから窓を閉じた。

手探りで机の引出しを開け、海外旅行時に機内で使用した耳栓を探した。

眼が見えなくなってから、耳がよく聞こえるようになった。時計の秒針が動く音、外を通る車の音や人の話し声、それらを煩わしく感じ、耳栓をつけっぱなしにして過ごすようになった。

姉が階段を下りてゆく音が、耳栓を通して小さく聞こえた。

退院してから、家族以外の誰とも会わなかった。父の会社の経理の仕事は辞めてしまったし、クラブＪＢのメンバーたちとは音信不通のままだった。千葉に住んでいる祖母が心配して見舞いに来てくれたが、すぐに帰ってもらった。「かわいそうにねえ、ヒロちゃん、かわいそうにねえ」。年老いた祖母から、そんなふうに憐れまれるのはいたたまれなかった。入院前に薄茶色に染めた髪は、いまや生え際が黒くなっているはずだったし、無精髭も生えるにまかせていた。誰に会うこともなく、鏡すら見られないいまとなっては、容姿など、どうでもよかった。

——こんなんじゃ……。

ベッドで彼は、自問した。

——生きている意味、あるのかな……。

眼が見えず、耳で聞かないようにしていると、いまがいつなのか、ここがどこなのか、なにもわからなくなってゆく気がした。

ただ、この世に自分が生きているということだけは実感できた。耳栓で遮断しても、自身の体内で、鼓動だけが大きく聞こえた。

——いま、死んでしまえば、楽になれるかな……。俺だけじゃなく、父さんも、母さんも、姉ちゃんも、楽になれるかな……。

姉が食事に誘いに来てから、もうかなりの時間が経過したのだろう。いつしか、家にいる家族全員が寝静まったものか、耳栓を外しても階下から物音が聞こえなかった。時刻はわからなかったが、外からも車の音がまったく聞こえなかったことで、深夜だろうと推測できた。毎晩、明け方近くに新聞配達のバイクが現れるまで、自宅周辺は誰も通らなくなる。

おもむろに、宏幸はベッドから這《は》いだした。

板敷の床の上に立つと、木の冷たさが裸足《はだし》に伝わってきた。

闇のなかを、彼は歩きはじめた。

両腕を前に伸ばし、ゆっくり進むと、指先が扉に触れた。

ドアノブを探し、それを掴んで押しまわして扉を開けた。

廊下は思いのほか寒く、彼は肩を竦《すく》めた。退院してからずっとスウェットの上下を着つづけており、いまも同じ恰好をしていた。上着が欲しかったが、箪笥《たんす》から探すのが煩わしくてそのまま歩いた。

両腕を左右に開いて壁を触りながら、一歩ずつ廊下を進んでいった。

やがて、足の感触から床が消え、階段が始まったことがわかった。

右手で手摺を掴み、階段を一段ずつ下りていった。

幼い頃から長年暮らしてきた家の間取りを忘れるはずもなく、なにも見えなくとも、迷うことはなかった。

階段を下りきると、しばらく前進し、いちど左へ曲がり、そして玄関へとたどりついた。

——外へ、出てみよう……。

どこへ行こうとしているのか、なにをしようとしているのか、自分でもわからなかった。

小学生の頃は、外でサッカーをしているだけで楽しく、将来のことなどなにも考えてはいなかった。中学生になると喘息の持病が悪化し、学校へ通わずに家にこもるようになった。そこから幾年も二階の自室で、カラヤンやドストエフスキーとともに無為に過ごした。転地療養で長野へ移ってからも、室内での孤独や鬱屈は同じだった。

「ドーハの悲劇」をテレビで見たときから、なにかが変わりはじめた。ふたたび出会ったサッカーが、自分を外へと向かわせてくれた。「ジョホールバルの歓喜」を味わった弾丸ツアーで、初めて仲間に恵まれた。サッカーを追って世界を旅するうちに夢まで見つけ、いつかはカネを貯めてロンドンへ留学して新たな人生を歩きはじめるはずだった。

宏幸にとっての未来は、いつでも外にあった。

いま、玄関の土間に素足で立っている彼は、外へ出ようとしていた。

足探りでサンダルを探しあてると、それを両足に履いた。

手探りで扉の鍵を見つけ、それを捻《ひね》って解錠した。

そして、ひといきに扉を押し開くと、冷たい外気が顔に刺さった。入院したときは初秋で、シドニーオリンピックの最中だった。いつしか季節はうつろい、秋も過ぎて冬になってしまっていることを、いま肌に感じた。

一歩踏みだし、扉から手を放すと、それが風に押されて背後で閉まる音がした。

彼は、外へ出た。

なにかに衝突するのを避けるため、両腕を前に伸ばし、足幅の半歩分ずつ、ゆっくりと、前へ進んでみた。その姿は、まるで誰かに助けを求める者のようだった。

玄関からすべてが見渡せてしまうほどの広さしかない庭の風景を、彼は完全に記憶しているはずだった。

地面には芝が敷きつめられており、夏には裸足で歩いてサッカーボールをリフティングした。

右側には梅の木が幾本も植えてあり、春には仄かな香りが漂った。

左側には花壇があり、秋にはブルーエンゼルという名の淡い色の花が可憐に咲いた。

花壇の奥には犬小屋があり、白いグレートピレニーズの愛犬ピクシーと、よく一緒にサッカーボールで戯れた。ピクシーはもう老犬で、夜には犬小屋でなく家のなかに入って眠っている。

そして、まっすぐ進めば小さな鉄製の門があり、その脇には小学校の卒業記念でもらった椿《つばき》が植えられているはずだった。植樹した際には小学生だった自分の膝の高さほどの苗木だったが、いつしか背を超されて二メートル以上に成長した。いまの季節なら、長い枝に光沢ある葉を茂らせ、いくつか紅《あか》く大きな花弁をつけているだろうか。

けれども、宏幸には、それら庭の情景が、なにひとつ見えなかった。

たしかに庭にいるのだが、彼にとってこの場所は、光や色がいっさいない、サンダルを引きずる音がするだけの漆黒の世界だった。

すぐに門まで達するはずの距離が、なにかにぶつかったり、つまずいたりすることを怖れている彼は、からくり人形のようなぎこちなさで、両腕を前に伸ばし、少しずつ進むことしかできずにいた。

「痛っ」

突然、彼は歩みを止めた。

右手の甲に、なにかが刺さった鋭い痛みを感じた。

直進しているつもりだったが、いつしか右へ右へと曲がっており、鉄製の門ではなく、梅の木が植えてある茂みへと進んでしまっていた。右手の甲に刺さったのは梅の枝だったが、自分が右へと曲がってしまっていることも、梅の木に行く手を遮られていることも、彼は気付いていなかった。

伸ばしている両腕で空中を手探りしながら、門へ向かおうと、二歩、三歩と前進した。だが、方向感覚を失っており、さらに茂みの奥へと入ってしまい、やがて四方を梅の木で囲まれてしまった。もはや両腕を伸ばしていることは無意味で、動くたびに手や顔や肩に枝が刺さって、鋭い痛みを感じた。

広くはない庭の、玄関から程近い、数本の梅の木が植えてあるだけの茂みのなかで、宏幸はもがいていた。

サンダルの爪先を木の根に引っかけ、前のめりに倒れた。

手探りで幹を見つけ、それに掴まって立ちあがろうとしたが、枝に頭をぶつけて立てなかった。

宏幸は、その場にひざまずいた。

夜露に湿った土が、スウェットパンツの膝を濡らした。泥にまみれているはずの手も、寒さのためにかじかんできた。枝で傷ついた頬からは血が流れているのか、だがそれをたしかめることすらできなかった。

——なにしてんだよ、俺……。

彼は、自嘲した。

——自分の家の庭で遭難したなんて、笑い話にも、なりやしない。

彼は、さらに自分を笑おうとしたが、寒さに顔が強張《こわば》って動かなかった。

しばらくその場にひざまずき、地面に両手をついたまま動かずにいた。

ふいに、なにも見えない両眼から、涙が溢れだした。

——バカ、泣くんじゃねえ。

彼は、自分にいった。

——二十八歳にもなる男が、泣くんじゃねえ。

心のなかの言葉とは裏腹に、温かい涙が溢れて止まらなかった。

声を殺して泣いていると、突然、背後から物音が聞こえた。

驚いた彼は、跳びあがるように上半身を起こした。

それは、玄関の扉が開く音だった。そのとき初めて、自分が玄関からすぐ傍にある茂みに迷いこんでいたことに気付いた。

「ヒロ?……、ヒロなの?……」

母の声がした。

宏幸は急いで涙を拭った。

「なにしてんの!」

自分を見つけたものか、驚いたように叫んだ母が駆けてくる音が近づいてきた。

「こんなところで、なにしてんのよ!」

すぐ傍で母が止まった。

この寒い真夜中に、上着も羽織らず、茂みのなかで転び、泥にまみれ、皮膚のあちこちを傷つけている息子の姿を、まじまじと見ているのだろう。

「ヒロ、なにしてんのよ」

こんどはいたわるように母が訊いた。

宏幸がなにも答えずにいると、ふいに背中から抱きしめられた。

母は、もうなにも訊かなかった。

いつだったか、まだ自分が健康だった遠い日にも、こんなことがあった。

冬の寒い日暮れどき、おもいのほか早くあたりが暗くなり、それでもサッカーがやめられず、約束の帰宅時間を過ぎておずおずと門を開けて庭へ入ると、玄関の前で待っていた母に叱られた。少し言訳をして、その後に「ごめんなさい」というと、抱きしめられて暖かい家のなかへと入れてもらえた。

いまも、同じだった。

もう二十八歳になる彼を、あのときのようには若くない母が、玄関へといざなっている。

母は、なにもいわなかったし、彼も、なにもいわなかった。

母が玄関を開けると、腕や膝についている泥を、掌《てのひら》ではたいて落としてくれた。

その音を聞きつけたものか、起きてきたピクシーが、宏幸の足許へやってきて優しく吠《ほ》えた。

一人で庭へ出てみた一ヵ月後、石井宏幸は自室にいた。

しかし、ベッドで鬱屈しているわけではなく、机に向かっていた。机上にはノートブック型のパソコンが置かれており、むろん画面を眼で見ることはできなかったが、そこに書かれた文字だけなら読めるようになっていた。

《トクベツシエンガッコウハ、ショウガイニヨル、ガクシュウジョウ、マタハ、セイカツジョウノコンナンヲコクフクシ、ジリツヲハカルタメニヒツヨウナ、チシキ、ギノウヲ、サズケルコトヲ、モクテキトシテイル……》

パソコンにイヤホンをつなぎ、それを耳に付けていた。そこからは、抑揚のない早口の男の声が聞こえてきた。

画面の文字を、眼で見るのではなく、耳で聞いて読んでいた。

それは、スクリーンリーダーという、文字どおりパソコンの画面に表示された情報を読みあげるソフトの恩恵だった。人間の音声を人工的に作りだした合成音声が、文字を音に変換して伝えてくれていた。

スクリーンリーダーを初めて使用してみたときは、いかにも機械的な合成音声がなにをいっているのか理解できないことが多かった。だが慣れてくると、速度を速めても文章の内容が把握できるようになった。

スクリーンリーダーの利用を薦《すす》めてくれたのは、神奈川県平塚市にある視覚障害者特別支援学校、神奈川県立平塚盲学校の教諭だった。失明する以前に宏幸は、ベルマーレ平塚の試合を観戦しに平塚競技場をおとずれたとき、その近くに盲学校があることを知った。緑内障が悪化して失明するのはかなり先だろうとは思いながらも、もしかしたらいつか世話になる日が来るのかもしれないと記憶していた。

退院後、部屋に閉じこもりっぱなしで一人だった宏幸は、失明してから初めて、積極的に外部の人間と接触した。これ以上家族に心配をかけてはならないという思いが行動を起こさせた。病院は、失明しないようにと治療や手術をしてくれたが、失明してしまってからは手を差しのべてはくれなかった。彼は平塚盲学校に電話をかけ、二十八歳にして突然失明したことを告げた。そして、これから生きてゆくために、まずなにをすればいいのかを訊ねた。すると電話で応対してくれた教諭が、おもいきって一度ここへ来てみたらどうかといってくれた。

宏幸は、外へ出た。

母が彼につきそって、歩いて盲学校まで手引きしてくれた。手引きとは、晴眼者《せいがんしゃ》の腕や肩を掴んで一緒に歩いてもらう行為で、彼は母の肩から手を放さなかった。

外には、危険が多かった。

駅へとつづく歩道に停《と》めてある自転車に幾度もぶつかったし、わずかな段差につまずくこともあった。電車に乗る際にホームと電車との間隔がわからずに一歩が踏みだせなかったり、混雑する階段で後ろから押されたりした。

外では、音にも困惑した。

地下道を通ったとき、向かい側から人の波が押しよせてくる気配がした。靴底やヒールが地面を鳴らす音が、下からだけでなく壁や天井からも反響して聞こえ、恐怖で萎縮《いしゅく》してその場に立ちどまってしまった。母と入ったラーメン店では、店員がテーブルにコップを置いた音に衝撃を感じ、おもわず「うわっ」と声を出してしまった。それに、他の客が麺やスープを啜《すす》る音が耳障《みみざわ》りで、箸が進まずに頼んだラーメンをほとんど残してしまった。車のクラクションや、携帯電話の音や、子供の声など、眼が見えていたときにはなにも感じなかった音に、闇のなかにいるいまは痛いほど敏感になった。それは、視覚のかわりに、聴覚で情報を得ようとしすぎていることによるのかもしれなかった。

喧騒のなかで怯《おび》えてしまったり、耳を塞いでしまったりしながらも、彼は歩きつづけた。手引きしてくれている母には、迷惑をかけてしまうことが多かった。ゆっくり歩いてもらわなければならなかったし、恐怖で突然止まってしまうこともあった。きっと衆目にさらされて恥ずかしい思いをさせているのだろうし、なにより、多くの時間を割かせてしまっている。病気をして失明した自分が苦労するだけならよかったが、母までまきこんでいることが心苦しかった。

迷惑をかけてしまっていると思うたび、「ごめん」と彼は呟いた。すると母が、ことさらに明るくいってくれた。

「なにも謝らなくたっていいのよ。大人になった息子に、肩を持たれて街を歩けるなんて、しあわせな母親だもの」

盲学校では、スクリーンリーダーのことのみならず、日本赤十字社が運営している神奈川県ライトセンターという視覚障害者の生活訓練などを支援する施設があることも教えてもらえた。

そのライトセンターへ、母に手引きを頼んで週に数回通うようになった。自宅の最寄《もより》駅であるJR東海道線二宮駅からライトセンターの最寄駅である相模鉄道本線二俣川《ふたまたがわ》駅まで、彼の足では片道一時間以上もかかった。だがライトセンターへ通う意義は大きく、白杖を持っての歩行、点字の読解、そしてスクリーンリーダーを使用してのパソコン操作など、生活にすぐに役立つ技能をつぎつぎと学ばせてもらえた。白杖での歩行や点字の読解は難しかったが、スクリーンリーダーには数カ月で慣れた。このソフトは思った以上の文明の利器で、インターネットを音声で閲覧することができ、知識や情報を数々得られた。

しかし、困ったこともあった。
スクリーンリーダーでは、画面上の文字のどの部分を読むかまでは細かく指定できない。そこに映る文字を片っ端から音声化してしまう。ときには、宏幸にとって耳にしたくない単語まで読みあげられてしまった。
《ニセンニネン、ワールドカップ……》
《ニッカンキョウサイ……》
《ロナウド、ベッカム、ナカタヒデトシ……》
ときは平成十三年、おりしも世間は翌年に自国で開催されるサッカーワールドカップの話題でもちきりだった。それはインターネットの世界も同様で、宏幸はホームページを検索してどこかのウェブサイトを閲覧するたび、氾濫するサッカー情報を聞く羽目になった。
宏幸は、サッカーが好きだった。
失明する以前は、マレーシアのジョホールバルや、フランスのトゥールーズや、イギリスのウェンブリーへ行ってまでサッカー観戦をしてきた。ジョホールバルで出会った、彼にとっての初めての仲間たちとサッカーについて語りあったり、クラブＪＢというチームを結成してプレーすることも楽しんだ。
しかし、失明して以降は、サッカーに背を向けた。

術後すぐこそ、シドニーオリンピックの日本代表戦のテレビ中継を耳で聞いたりしたが、いつしかそれもしなくなった。ワールドカップが日本と韓国で共催されることは知っていたが、もはやそれは、自身とは無縁の、眼が見える者にとっての楽しみのように思えた。前回のワールドカップは、観戦券がないというのに一人でフランスまで行ってしまい、現地で「I need a ticket」と書いた段ボールを掲げ、執念で座席を手に入れた。今回も自国開催されるワールドカップを見たくないはずはなかった。だが、見られないものを見ようとすることは、苦しみを増幅《ぞうふく》させるばかりに思え、自ら大好きなサッカーから遠ざかった。

「ヒロ、もうすぐ締切だけど、どうする?」

姉の優子が訊いてきたことがあった。優子は宏幸の影響もあり、サッカーをよく観戦するようになっていた。地元のＪリーグクラブであるベルマーレ平塚のボランティアスタッフに登録し、仕事が休みの週末には試合を陰で支えるほどの熱心さだった。そんな姉が、来年横浜や静岡でも行われるワールドカップの試合を見ようと、観戦券の申込みを済ませたらしいのだ。

もし宏幸も見たいのなら、代わりに申込用紙に記入するといってくれた。

それは、あれほどまでにサッカーが好きだった弟への思いやりであろうことは、宏幸にはわかっていた。だが、素直に受けとめることができなかった。

彼にとってのサッカーは、過去だった。

なにも見えない闇こそが、現在だった。

過去に固執していると、未来に進むことができない。

いまの自分に大切なのは、ワールドカップよりも、失明した現在を生きてゆく手段を必死に模索することだと思っていた。

「俺は、いいよ。姉ちゃんだけ、申込んだらいいよ」

宏幸の心中を察したのか、以後姉は、ワールドカップの話題をもちださなくなった。

しかし、困ったのはスクリーンリーダーだった。機械は、心を斟酌《しんしゃく》してくれなかった。

ウェブサイトを閲覧していると、容赦なく、痛いような情報を耳に放ってきた。

《ニッポンノタイセンアイテハ、ベルギー、ロシア、チュニジア……》

《トルシエカントクガ、ヨセンリーグノトッパヲモクヒョウニ……》

《コンフェデレーションズカップデ、ジュンユウショウシタニッポンダイヒョウハ……》

そんな情報を耳にすると、途中でスクリーンリーダーを止めてしまった。

やむをえず、サッカー関連の記事などが掲載されていそうなウェブサイトの閲覧を避け、「ＪＢＯＳ」という、全国視覚障害者外出支援連絡会のウェブサイトで情報を得ることに専念するようになった。

しかし、ある日、「ＪＢＯＳ」を閲覧しているとき、スクリーンリーダーの合成音声が、聞いたことがない単語を発した。

《シカクショウガイシャサッカー》

彼は、聞きなおした。

《シカクショウガイシャサッカー》

幾度聞きなおしても、合成音声は同じように音を発した。

「シカクショウガイシャ」は、「視覚障害者」だとわかる。だが、その後につづく「サッカー」との連関《れんかん》が解《げ》せなかった。

気になった彼は、全国視覚障害者外出支援連絡会に電話をしてみた。

「視覚障害者サッカーって、なんですか」

もしかしたら、視覚障害者がサッカー観戦する際に、眼が見える者の支援を受けられたりするのか。

もしくは、サッカーを見たことがない視覚障害者に、どんな競技かを説明していたりするのか。

答えは、意外だった。

「視覚障害者がする、サッカーです」

電話口の男は、あたりまえのようにいった。

「視覚障害者がする、サッカー?」

鸚鵡《おうむ》返しに宏幸がいうと、電話口の男もくりかえした。

「そうです、視覚障害者がする、サッカーです」

受話器を握ったまま、宏幸は黙ってしまった。

ボールを蹴る自らの姿を、彼は想像してみた。

しかし、闇のなかで鮮やかにシュートする自分など思いえがけず、代わりに、自宅の庭で迷子になった、ぶざまな自分を思いだしてしまった。

電話をきったあとも、しばらく彼は唸《うな》りつづけた。

——できるのか? 視覚障害者に、サッカーなんて……。

ブラインドサッカー

そこへ足を踏みいれたとたん、どこか懐かしい匂いがした。

そこでは、すべての音が高い天井や遠くの壁に反響し、眼が見えなくとも、自分が広い空間にいることがわかった。

石井宏幸は、体育館にいた。

彼にとって、体育館での思い出は多くない。

中学二年生のときにアレルギー性喘息を患って学校へ通わなくなり、部活動もしなかったし、卒業式にも出なかった。その後は高校へ進学しなかったため、この日体育館を訪れたのはおよそ十五年ぶりだった。

元気だった小学生の頃は、体育館が好きだった。算数や国語や、その他退屈な授業の合間にある体育が楽しみで、体操着への着替えを早く済ませてそこへと走った。休み時間に登り綱にぶらさがったり、舞台にある緞帳《どんちょう》にくるまって隠れたりして遊んだ。倉庫からボールを持ちだしてサッカーをしたこともある。校庭よりもボールが弾み、トラップするのが難しかった。

いま、二十九歳になる宏幸は、中学生以来となる体育館へとやってきた。

彼には、すべてが見えなかった。

照明灯が輝く高い天井も、飴色《あめいろ》に光る寄木張《よせぎば》りの床も、そこで躍動する人々も。

しかし、ここでは、不思議と心が弾んだ。その煤《すす》けたような匂いや反響音を感じただけで、子供の頃に戻れるような気がした。両手を広げ、埃《ほこり》っぽい空気をおもいきり胸の奥まで吸いこむと、ゆっくりとそれを吐きだした。

ここは、兵庫県神戸市内にある、国立神戸視力障害センターの体育館だった。

視覚障害者サッカーの講習会が行われると電話で聞いた宏幸は、新幹線に乗ってここまでやってきた。まだ自宅の庭さえ一人で歩くことができなかったため、姉の優子に神戸までの手引きを頼んでみた。三十歳近くにもなる弟と二人きり、しかも慣れない手引きをしながらの旅になるため、断られても仕方ないと思っていたが、「神戸牛のステーキを食べてみたいし、いいよ」と快諾してくれた。

体育館には、三十人ほどが集まっていた。眼が不自由な受講者は宏幸を含めて二十人で、それ以外は講習会のスタッフだった。

受講者はみなジャージ姿で、足にはスニーカーを履いていた。宏幸も事前に電話でスタッフに「動きやすい服装で」といわれたが、プレーをするつもりはなかったので普段着で行くと告げた。だが、「せっかく来るんでしたらぜひスポーツウェアで」とスタッフにいわれ、彼は戸惑った。

スポーツウェアといえば、日本代表を応援していた際の青いシャツか、クラブＪＢで試合や練習をした際の青いユニフォームしか持っていなかった。もはや日本代表やクラブＪＢとは訣別したつもりでいたために、そのどちらも着たくはなかった。仕方なく、母と一緒に大型スポーツ店へ行き、新たな黒いジャージの上下を購入した。

「ほな、みなさん――」

関西弁のスタッフがいった。

「これから、みなさんに、さきほどご説明したボールをお配りしますので、まずは感触を確かめてみてください」

体育館へ入るまえに小一時間座学があり、視覚障害者がどのようにしてサッカーをするのかを言葉で教えてもらっていた。それによると、鈴が入った特殊なボールを使用し、眼で見るのではなく、耳で聞くことで、ボールを追ったり蹴ったりするのだという。

「はい、どうぞ」

スタッフにボールを渡された。

優子に白杖を預けた宏幸は、おそるおそる両手を胸の前にさしだしてボールを受けとってみた。

ボールは、滑らかな手触りで、少しひんやりしていた。

ボールを、顔の前に掲げてみた。

ボールは、見えなかった。

ボールを、顔の前で揺すってみた。

かしゃかしゃ……。

——ふうん、こんな音なんだ……。

ちゃりん、というような、小さな金属物がなにかにあたる高く澄んだ音を想像していたが、鈴というより、プラスチック片が擦れあうような音に聞こえた。

「ほな、みなさん、さっそく、ボールを床に置いて、足でボールタッチしてみましょか」

スタッフが促すと、あちらこちらからボールの音が聞こえてきた。

ボールの扱いに慣れていない受講者が多いらしく、「これは難しいな」「こんなんできませんよ」「ボールどこいきよった」といった声があちこちから聞こえてきた。

宏幸だけが、まだボールを手に持ったまま動かずにいると、ぽん、と肩を叩かれた。

「さあ、やってみましょ」

スタッフがいった。

「でも……」

今日は視覚障害者サッカーがどんなものか知りたかっただけで、サッカーをやるつもりはないんです、サッカーどころか、まだ自宅の庭を一人で歩くことすらできないんです、そういおうとしたが、スタッフに「さあ、さあ」といわれて、なにもいえなくなってしまった。

宏幸が手に持っていたボールを取ったスタッフが、それを宏幸の足許に置き、もういちど「さあ」といった。

かしゃかしゃ……。

スタッフが手でボールを揺すり、宏幸の足許で音を響かせた。

「いま音がするところを、足で踏んでみてください」

そういってその場にしゃがんでいるスタッフが、ボールを揺すりつづけていた。

ゆっくりと足をもちあげた宏幸は、音がするあたりをスニーカーの底で踏んでみた。

音がやみ、ボールの感触が足の裏から伝わってきた。

――あ、同じだ。

弾力で押しかえされるほど空気が充満したボールの感触は、まだ眼が見えていたときに使用していたサッカーボールと変わりがなかった。

ボールから右足を下ろした宏幸は、肩幅ほどに両足の間隔を広げ、その間にボールを置いた。

そして、その場でステップを踏むように、左右の足で交互にボールに触れた。

かしゃ、かしゃ、かしゃ、かしゃ、かしゃ……。

右足と左足の土踏まずあたりに交互にあたったボールが、小気味よく左右に揺れて転がった。

かしゃ、かしゃ、かしゃ、かしゃ、かしゃ、かしゃ……。

前を向いて瞼を閉じたまま、宏幸はボールタッチをつづけた。

「凄《すご》っ！　凄いですね！」

傍にいるスタッフが手を叩いて褒《ほ》めそやした。

――褒められるようなことじゃあ、ないよ。

宏幸の動きは、鮮やかだった。

それは、サッカーをしていた小学生の頃、自宅の庭でとことん練習して身につけた動きで、サッカー経験者なら誰もができるボールタッチだった。

サッカー未経験の他の受講者は、驚いた様子で動きを止め、宏幸が奏でる律動的な音に耳を傾けていた。

やがて、パスの練習が始まった。五メートルほど離れた地点で手を叩いて居場所を知らせてくれているスタッフの足許へ、受講者がボールを蹴るという練習だった。

他の受講者は、失敗したり、成功したりして、楽しげにボールを蹴っていた。止まっているボールなのに空振りしている者もいたし、まるで違う方向へ蹴ってしまい、スタッフを走らせている者もいた。

宏幸は、いきなりパスをせず、まず、右足をボールの上に乗せ、それを揺すって音を鳴らした。

かしゃかしゃ……。

蹴る位置を耳で確かめたのだ。

そっとボールから右足を下ろすと、すぐさま同じ足の土踏まずあたりでそれを蹴った。

かしゃかしゃ……。

音が遠ざかってゆき、スタッフが手を鳴らすほうへと転がってゆくのがわかった。

「うわあ！　イシイさん、パスも凄い！」

宏幸のパスを足で受けとめたスタッフが拍手した。

土踏まずあたりで蹴るインサイドキックばかりでなく、爪先で蹴るトゥキック、足の甲で蹴るインステップキックと、どんな蹴り方でも、宏幸のパスは狂いなくスタッフの足許へと届いた。

そのたびごとにスタッフが感嘆してくれたが、彼は平然としていた。

——凄くなんか、ないよ。

五メートルの至近距離であれば、相手を見ずともパスをするぐらいのことは、小学生のサッカー小僧でもできる。

ボールタッチやパスの練習では、恥ずかしくなるほどに褒められた。

しかし、やがて彼は、この競技の難しさに気付かされていった。

音がしてボールの位置を把握できているときは、通常のサッカー同様になんでもできた。ところが、ひとたび音がやんでしまうと、ボールの位置がわからなくなってしまい、ぶざまなほどになにもできなくなった。たとえば、ボールをパスされたとき、ボールが転がってくる軌道を想像しながら音を頼りに追いかけ、足を出してトラップすることはできた。だが、トラップしそこねてボールが跳ねてどこかで止まってしまうと、自分も止まるしかなかった。「右です右!」「もう少し前!」「あと一歩前!」。スタッフが声で指示してくれたが、自分のすぐ傍にあるボールを足で探しあてるのにも苦労した。

――これじゃあ、まるで、スイカ割りだな。

「そこですそこ！」といわれてようやくボールの位置までたどりついても、足で探っているうちに、ボールに触れて弾いてしまい、またどこか遠くへ転がってゆくこともあった。転がってしまったボールを追ってしばらく歩いているうち、自分がどこにいるのかわからなくなり、元いた場所へ、スタッフに手引きされて戻ることもあった。

それだけではない。ドリブルとシュートという、サッカーには欠かせない二つのプレーが、この視覚障害者サッカーでは困難なことも思いしらされた。

まずドリブルは、走りながら数メートル前方にボールを蹴ってそれに追いつき、また蹴っては追いつき、などという一般的なやり方が無謀なことは明らかだった。視覚障害者サッカーにおけるドリブルは、いつでもボールの位置を確認できるように、両足の間で左右交互に細かくボールタッチしながら少しずつ前進する方法がいいとスタッフが教えてくれた。やってみると、ゆっくりならできるが、少しでも急ごうとすると、ボールがどこかへ転がってしまい、また足で探しあてるのに難儀するということのくりかえしだった。

シュートは、走りながら大きく振りあげた足を、流れる音に合わせて振りおろすなどということは不可能だった。また、止まっている無音のボールに走りよって蹴ることも至難の業だった。幾度やってみても空振りしてばかりの宏幸は、「そのうちできるようになりますよ」とスタッフに慰められた。

宏幸は、げんなりした。

まだシュートの練習中だったが、サッカーボールに触れるのをやめた彼は、体育館の隅で見守ってくれているはずの優子のもとへと歩きだした。視覚障害者サッカーという競技にも、そして自分自身にも、限界を感じずにはいられなかった。

――やっぱり、無理だよな、サッカーなんて……。

神戸牛のステーキでも食べて帰ろうか、そういおうとして、体育館の隅で見守ってくれているだろう優子を呼ぼうとした。

「難しいですね」

ふいに、背後から声をかけられた。

「このサッカーのことを初めて聞いたとき、無理だと思ったけど、じっさいにやってみると、やっぱり難しいですね」

それは、姉の声ではなく、先程の関西弁のスタッフの声でもなく、息を弾ませている様子から、自分と同じ受講者であることがわかった。

関東からの受講者は自分一人だけと宏幸は聞いていたが、「ヒロセといいます」と名告ったその男、広瀬浩二郎は、関西弁ではなかった。東京出身で、現在は大阪府豊中市に住んでいると自己紹介してくれた。

ぴぴぃーっ！

ホイッスルの音が鳴りひびき、「休憩時間です」とスタッフが告げた。

優子を捜《さが》して帰ろうと、宏幸は壁際へ移動しようとした。だが、広瀬に話しかけられたため、その場に留まった。

「まさか、僕が、サッカーができるなんて、思っていませんでしたよ」

その声には落ちつきがあり、年齢を訊くまえから自分より歳上だろうと想像したが、はたして広瀬は、五歳年長の昭和四十二年生まれだという。

休憩時間、広瀬は自己紹介をしてくれた。白内障により中学生のときに全盲になったというが、体を動かすことが好きで、合気道は初段、居合道は二段、フロアバレー（ネットの下を潜らせて転がすバレーボール）など視覚障害者のために考案されたスポーツの経験もあるらしい。そんな彼でも、視覚障害者サッカーの存在を知ったとき、選手が縦横無尽に走るのは危険ではないかと思ったという。

「僕らは斜めに動くことが苦手だから、居場所がわからなくなったりもするだろうし、なにより、全力疾走している者同士が衝突したら、たいへんなことになるんじゃないかなって」

　しかし、視覚障害者サッカーをすでに導入している韓国を訪問して競技を視察するに及び、広瀬はすっかり考えを改めた。競技場の観客席に座ってフィールドに耳を傾けていると、ボールの音と選手の声とが激しく動きまわり、しっかりとゲームになっていることが認識できた。そして、その場で韓国代表チームの監督から講義を受け、ルールと特殊なボールを日本にもちかえった。

「僕ね――」

　微笑んでいるかのような優しい声で、広瀬がいった。

「思いっきり走っている自分の姿なんて、想像したことなかったんです。このサッカーのルールを聞いたときも、ボールの音をめがけて敵や味方が殺到すればぶつかるだろうし、危ないよな、怖いよなって。……けどね、韓国の選手たちは、おもいっきり走っていたんです。自分の好きな場所へ向かって、おもいっきり走っていたんです。きっと、ぶつかるかもしれない恐怖心を、フィールドを縦横無尽に走れる解放感が、うわまわってしまったんだろうなあって。怖さより、気持よさが、うわまわってしまったんだろうなあって」

　――気持よさ？……。

　もう一時間以上もスイカ割りをつづけている気分になっていた宏幸は、広瀬の言葉に頷くことができなかった。

ぴぴぃーっ！

ふたたびホイッスルが鳴りひびき、会話をやめた広瀬と宏幸は、スタッフのほうへ顔を向けた。

「どうですか、みなさん。パスやシュート、上手くできましたか」

スタッフの問いに、宏幸も、他の受講者も無反応でいると、「初めてやと、なかなかねえ」とみんなの気持を代弁するかのように誰かがいった。広瀬ら経験者は五、六人しかおらず、あとはみな初心者で、今日までボールを蹴ったことさえない者も多かった。

「ほな、唐突ですけど――」

スタッフがいった。

「試合、してみませんか」

これには、すぐさま初心者の受講者たちが反応した。

「えーっ」

「いきなり、試合なんて」

「そんなん、無理ですわ」

宏幸も同感だったが、口を開かずにいた。

不安がる初心者たちを宥《なだ》めすかしながら、スタッフがてきぱきとチーム分けを始めた。

「見学してます」という者たちが半数ほどおり、八人を四人ずつの二チームに分けた。

「ま、上手くいくか、いかへんか、わかりませんけど、とりあえず、やってみましょ」

そういったスタッフが、受講者一人ひとりに、なにやら配りはじめた。

手渡されたものを指の感触で確かめた宏幸は、タオルとスポンジのようなものかと思った。

「アイマスクとヘッドギアです。全員、それを装着してください」

視覚障害者サッカーでは、競技者全員が同じ条件でプレーするためにアイマスクの着用が規則で義務化されている。また頭部を保護するためにヘッドギアも着用する場合がある。

体育館のほぼ中央にボール一つを置いたスタッフが、アイマスクとヘッドギアを着けた受講者全員を集めた。

「ほな、始めましょか」

ぴぴぃーっ！

唐突に、試合が始まった。

それが、日本で初めて行われる視覚障害者サッカーの試合であることなど、宏幸は知らなかった。

ボールから少し離れた場所で茫然と立ちどまっていると、センターサークル附近でボールが蹴られる音がした。キックオフしたのは広瀬で、それが誰かの足に当たり、宏幸の前へと転がってきた。だが彼は足を出すことさえできず、ボールの音は背後へ遠ざかってしまった。

そこからの試合模様は、幼児のサッカーのようだった。使用されたコートは縦約四十メートル、横約二十メートルと、一般のフットサル同様に広かった。だが、選手全員がボールの音に反応して一つのボールに群がってしまうため、いつも局地的にしか使われなかった。遠くへパスを出したり、長くドリブルしたりというプレーはなく、おしくらまんじゅうのように敵味方が入り乱れてむやみにボールを蹴りあうばかりだった。

視覚障害者サッカーでは、一チーム五人のうち、ゴールキーパーのみ眼が見える者が務める。ゴールキーパーエリアは縦二メートル横五メートルの狭い範囲に限られており、キーパーはそこから出ることが許されないばかりか、エリアのすぐ外に止まっているボールでも、手を伸ばして触ったり、足を伸ばして蹴ったりすることはできない。ゆえに緊張を強いられるはずだが、この練習試合でキーパーを務めたスタッフは、シュートが飛んでこないために暇そうだった。

また、視覚障害者サッカーでは、チーム全体を声で指揮する監督と、ゴール裏でゴールの位置などを声で知らせるガイドの、二人の眼が見える者が不可欠だった。この練習試合でその役を担ったスタッフたちは、コート外から懸命に声を出してはいた。だが選手たちはボールを扱うことだけに必死で、声に従って戦略的に動く余裕などないようだった。

ボールに群がる選手のなかに、宏幸も加わっていた。ときおり予期せず、自分の足許へボールが転がってくることがあった。それを彼は両足の間に入れ、先程の練習の要領で左右の足に交互にあてるドリブルを試みた。すると、規則的な音に誘われるようにして、敵や味方の選手たちが殺到してきた。ボールを奪おうと幾本もの足が自分のほうへ伸びてきて、脛《すね》や脹脛《ふくらはぎ》をしたたかに蹴られ、たちまちボールをさらわれてしまった。

前半二十五分、後半二十五分の五十分の試合時間が、宏幸には長く感じられた。味方同士でボールを奪いあってしまうことも、ボールの位置がわからなくなって立ちどまってしまうことも、誰かと衝突して仰向けに倒れてしまうこともあった。

ようやく、試合時間が残りわずかになった。

ゴールはおろか、一本のシュートさえ打つことも打たれることもなく、このまま両チーム無得点でタイムアップを迎えようとしていた。

左眼の手術後、これだけ動いたのは初めてのことだったため、宏幸は肩で息をし、額にも大汗をかいていた。

――笛、まだかな。早くこのアイマスクを外して汗を拭きたいな。

そんなことを思った瞬間、一つのプレーが起きた。

それは、この稚拙《ちせつ》なゲーム中、唯一サッカーらしい場面だったと、あとになってから宏幸は思った。

自陣に立っていた宏幸は、右サイドにボールが弾かれて転がってゆく音を聞いた。それを誰かが足で受けとめ、ドリブルで迫ってくるのがわかった。

――敵だな。

ドリブルしている音につられ、多くの選手たちがそこへ寄っていった。

宏幸は、動かずに耳をすまし、ボールの音を聞いていた。

――ボールに寄らず、ドリブルを待ちかまえて止めてやる。

しだいにボールの音が近づいてきて、自分のすぐ右側を通過しそうになった。

――もう少しだけ近づいてくれれば、身を寄せてドリブルを止め、ボールを奪うことができる。

さらにボールの音が大きくなったとき、彼は動きはじめた。

――よし！

しかし、その刹那、突然自分の背後から、大きな声が飛んだ。

「打てっ！」

それは、ゴール裏にいてゴールの位置を知らせる相手チームのガイドの声だった。

——えっ？

とっさに宏幸はボールに向かって右脚を伸ばした。

しかし、強烈な打撃音が聞こえたかと思うと、無音になり、つぎに背後のゴール前でキーパーが床に倒れる音がした。

ぴぴぃーっ！

ホイッスルが鳴りひびいた。

——まさか……。

「入ったぁっ！」

ガイドの絶叫が聞こえた。

「嘘ぉ！」

シュートを打った本人が、信じられないというように叫んだ。

たしかに、ドリブルからのミドルシュートが、キーパーの手をかすめ、ゴールネットに突きささったのだ。

「まさか！」「凄いなあ！」「信じられへん！」と、選手たちが口々に叫んでいた。

宏幸は、天を仰いだ。

やがて試合は再開されたが、すぐにタイムアップとなり、試合は〇対一のまま終了した。相手チームの選手たちが喜んでいる声が重なって大きく響いた。

天を仰いだまま、宏幸は、しばらく動けずにいた。


新幹線のぞみ号の車内は静かだった。

新神戸駅から乗車し、京都駅を通過したばかりの頃は、弁当やビールの匂いが車内に充満し、乗客の話し声が賑々《にぎにぎ》しかった。嗅覚にも聴覚にも敏感になった宏幸には寛《くつろ》げる空間とはいいがたかった。だが名古屋駅を過ぎたあたりからは、あちらこちらの座席から微かな寝息が聞こえるほど静かになった。

彼の隣席に座っている姉の優子も、乗りこんだときには話していたが、いつしか眠ってしまっていた。この週末、神戸まで遠出するだけでも疲れるはずなのに、二日間、慣れない手引きをして街を歩き、講習会へと同行してくれた。体験練習や試合をしているときは、彼を見守っていただけでなく、ボールを拾ったり、他の視覚障害者の手助けをしたりとスタッフを手伝った。

それでも優子は、疲れた、などとは一言もいわず、新神戸駅近くのレストランで神戸牛のステーキを食べたときには、「美味《おい》しいね。このお店、当たりだね」などといって明るく笑ってくれた。

新幹線の座席に腰を下ろしてからずっと瞼を閉じていた宏幸は、しかし、眠ってはいなかった。旅は終りに近づいていたが、神経が昂ぶっており、眠気を感じなかった。

初めてやってみた視覚障害者サッカーは、楽しい、といえるほど簡単なものではなかった。眼が見えていたときにはあたりまえにできていたプレーが、満足にできなかった。ボールが足につかず、スタッフに指示されながらもボールを見つけられないことがつづいたときには、やはりサッカーなんて無理なのだと思い、体育館から逃げだしてしまいたい気分になった。

けれども、いま、新幹線で思いおこされる感情は、もどかしさや、いらだたしさではなかった。

練習試合の終盤、自分のすぐ傍でシュートを打たれ、それがゴールとなって敗れてしまった。

相手がドリブルで向かってくることがわかっていたが、ミドルシュートを打ってくるとは想像できなかった。ドリブルが迫ってくる音、シュートを打たれたときの衝撃音、ゴールを告げるホイッスルの音、相手チームの選手たちの歓声が、耳について離れなかった。

――まさか……。

新幹線の座席で揺られながら、宏幸は自分にいった。

――まさか、シュートなんて打たないだろう、まさか、ゴールなんて決まらないだろう、そんなふうに、俺は思った。……でも、間違いだった。俺がやっていたのは、サッカーだったんだ。子供の頃からやってきて、眼が見えるときには夢中で観戦してきた、サッカーだったんだ。サッカーなら、ぶつかってでも、はじきとばされてでも、相手に向かって突進して、シュートを止めなきゃいけなかったんだ。

たったいまゴールを決められでもしたかのように、彼は唇を嚙《か》んだ。

「よかったね」

ふいに、隣の席から、優子の声が聞こえた。

眠っていたと思っていたから少し驚いた宏幸は、優子のほうへ顔を向けた。

「よかったね」

もういちど、優子がいった。

「ああ」

宏幸は頷いた。

「そうだね、よかったよね。神戸牛も美味しかったし、ほんと、よかったよね」

「ううん」

優子がかぶりを振った気配がした。

「そうじゃない、ヒロのこと」

「え？　俺のこと？」

「うん。よかったね、ヒロ。……あんた、また、大好きなサッカーが、できそうじゃない」

それだけいうと、優子は、もうなにもいわなかった。

突然、車内放送で音楽が流れ、つづいて機械的な女性の声が、日本語と英語で、まもなく列車が新横浜駅に到着することを乗客に告げた。

——そうかな……。

心のなかで、宏幸は自問した。

——また、できるのかな……。俺にも、サッカーが……。

降車駅の新横浜は、もうすぐらしい。足許の座席の下に潜らせておいた自分のボストンバッグを、彼は両手で引きだして持ちあげた。それを膝の上に置き、抱きしめるように持った。バッグの中には、着替えなどと一緒に、講習会後にスタッフから貸しだされた、あの、鈴入りのボールが一つ、入っていた。

「ブラインドサッカー、海外ではそう呼ばれているんです」

教えてくれたのは、広瀬だった。視覚障害者サッカーは「ブラインドサッカー」と呼ばれ、世界数十カ国に普及しているという。平成十年には世界選手権が開催され、平成十六年のアテネパラリンピックからは正式種目に採用される。そして、日本でも、日本代表チームが組織され、世界大会出場を目指す、とのことだった。宏幸にもボールが一つ貸しだされ、ぜひ練習しておいてほしいといわれた。

——ブラインドサッカー、か……。

列車が新横浜駅のプラットホームに入ったのか、体が前方に引きよせられることで減速していることがわかった。

ボストンバッグのポケットから折りたたみ式の白杖を取りだした宏幸は、それを伸ばして立ちあがろうとした。

すると、優子が手を取り、車内の通路へと先導してくれた。

列車が止まり、扉が開いた。

姉の肩に手を置きながら、宏幸は列車とホームの隙間を跨《また》いだ。

ホームへ降りると、夜風が刺すように頬に冷たく、おもわず彼は身を縮めた。

ホームを歩きはじめると、左肩に引っかけたボストンバッグのなかから、微かに鈴の音が聞こえた。
かしゃかしゃ……。
宏幸は、もういちど、心のなかで呟いた。
――ブラインドサッカー、か……。

ＪＢへの告白

石井宏幸は、見えないボールを蹴りつづけていた。

平日は幼児連れの母親たちで賑わい、休日は地元のスポーツ少年団がサッカーの練習に使用している公園だが、深夜は人気《ひとけ》がなく静かだった。園内の東側に、五十メートル四方ほどの広場があり、宏幸はそこにいた。深夜ながら四基の街灯で照らされ、細かい砂利が敷きつめられている白い地面に、宏幸とボールの影がくっきりと浮かびあがっていた。

ただ広いだけでなにもない敷地のまんなかに、小さな黒い箱が一つ、ぽつんと置かれていた。住宅地から少し離れているために深夜の広場は無音だったが、小さな黒い箱から絶え間なく細々《ほそぼそ》と、クラシック音楽がながれていた。それは、宏幸が自宅から持ってきたラジオだった。広場で一人ドリブルをしていると、自身がどこにいるのかわからなくなってしまうことがあった。なにかに衝突してしまいそうな不安から、全力で練習することができなかった。そこで考えたのが、音を頼りに動くことだった。

この広場で、宏幸は毎晩一人で練習した。ラジオの傍でストレッチすることから始め、ラジオの周りをランニングし、ラジオから離れては、ラジオに向かってダッシュをくりかえした。

そして、体が温まったところで、ボールを用いてドリブルの練習をした。神戸で行われたブラインドサッカーの講習会では、ボールが足につかず、どこかへ転がってしまっては、眼が見えるスタッフに在処《ありか》を指示されながら足で探すという未熟さだった。ところが一カ月も練習をつづけてみると、つねに自分の両足の間にボールを保てるようになった。この広場で一人、止まって鈴の音がしなくなってしまったボールを足探りで探すことは困難に思えた。そのためにボールを動かして音を鳴らしつづけようという意識が幸いして上達が早まった。

この広場へ、宏幸は毎晩一人で通った。自宅から徒歩で五分ほどかかったが、母や姉に手引きを頼まず、白杖を用いて歩いた。きっかけは、ブラインドサッカーの講習会で出会った広瀬浩二郎の一言だった。

「いませんよ、そんな人」

それは、大阪の自宅から講習会会場の神戸まで誰に手引きをしてもらったか、宏幸が問うたときの広瀬の答えだった。小学生の頃から白内障の手術をくりかえしたという、宏幸と同じ病歴の広瀬の話はしかし、宏幸にとって驚くことばかりだった。一般の学校を離れて中学生から盲学校へ通った広瀬は、六つの点のくみあわせのみで示される点字を、戸惑いつつも完璧に覚えた。点字教科書で学び、点字試験を受け、全盲初の京都大学合格者になった。共通一次試験が開始された昭和五十四年には点字受験が制度化されていたものの、ほとんどの大学が全盲学生の受入れ態勢を整えていない時代のことだった。参考書を点訳してくれたボランティアに感謝したという広瀬の話を聞き、全盲者の受験という苦闘は、広瀬のみならず、その後につづく全盲の高校生の未来をもきりひらく第一歩になったのだろうと宏幸は思った。

それればかりではない。東京に生まれ育ちながら、日本史に興味をもって京都に憧れたという広瀬は、大学入学と同時に親許を離れて京都で暮らしはじめた。全盲の一人暮らしは不便なことも多かったというが、それ以上に、自立できたことで可能性が広がったと語ってくれた。大学を卒業した現在は、国立民族学博物館で民族文化研究部准教授として活動している。

多忙ななか、ブラインドサッカーという日本では知られていないスポーツにまで広瀬は興味を示した。すでに世界選手権出場経験がある韓国へ出向いて講義を受け、特殊なボールを輸入して開催した、あの講習会の発起人の一人でもあった。

――スーパーマンのようじゃないか。

広瀬のことをそんなふうに思いながら、同時に宏幸は、自分自身の脆弱《ぜいじゃく》さに溜息をついた。

――もう、甘えていちゃあ、いけないいな。

神戸で広瀬と別れて自宅へと戻ると、母の手助けを断り、なんでも自分一人でやってみることにした。食事、着替え、外出と、母がいないと困ることが多かったし、時間は幾倍もかかった。だが、なんでも自分一人で忍耐強くやりとげてみると、小さな成功の一つひとつに喜びを感じられるようになった。

ブラインドサッカーを始めるにあたり、失明してからまったく運動をしていなかったため、トレーニングジムへ通ってルームランナーで走り、体を鍛えなおそうとした。電話で入会を申しこむと、全盲者の補助はできないと断られた。補助なんかいらないんです、一般の利用者と同じように扱っていただいて構わないんです、そういってみても、返事は変わらなかった。

仕方なく、一人で走り、一人でボールを蹴ろうと決意し、右手には白杖を、左手には鈴入りボールとラジオを持ち、毎晩広場へ通うようになった。

「きっと、ぶつかるかもしれない恐怖心を、フィールドを縦横無尽に走れる解放感が、上まわってしまったんだろうなあって」

それは、ブラインドサッカーの魅力を語ってくれた広瀬の科白《せりふ》だった。ボール探しに辟易《へきえき》していた講習会のとき、宏幸は解放感などまるで感じられなかった。だが、あれから連日練習をかさねてきたいまは、広瀬に頷くことができる。

いま、白い息を弾ませながら、宏幸はラジオに向かってドリブルをしていた。Tシャツの上に黒いジャージを重ね着しているその背から、汗が蒸発して煙のように立ちのぼっていた。

シューベルトの『セレナーデ』が、ラジオからながれはじめた。リズミカルに鈴を鳴らしながら、曲に向かってドリブルしては、曲から離れてドリブルした。ときに曲と同調し、宏幸は自分がボールという楽器で鈴の音《ね》を奏でているようにも思えた。

不思議だった。ボールも、自分の足も、地面も、そして、この広場の景色もすべて、彼には、なにも見えはしなかった。なのに一心不乱にボールを蹴っていると、瞼の裏に、すべてを感じることができた。足先に触れるボール。先日購入したばかりの真新しいフットサルシューズ。そして、なにもかもを受けとめる揺るぎない大地と、なにもかもを包みこむ果てしない天空。それらすべてが見えはしないけれど、彼には感じることができた。

『セレナーデ』が終ると、彼もドリブルを終えた。

もう二時間も練習しており、肌に貼りついたシャツが重たかった。手探りでラジオを見つけて拾いあげた彼は、スイッチを切った。

突然、なにも聞こえなくなった。

ラジオの傍に置いておいた折りたたみ式の白杖を手にし、それを伸ばした宏幸は、誰もいない広場に頭を下げ、そこをあとにした。


数日後、宏幸は都会の喧噪のなかにいた。

東京の明治神宮外苑にある銀杏《いちょう》並木は、黄葉《こうよう》していた木々の多くが枝だけになっていた。アスファルトの上を歩くと、歩道に積もった落葉の音がした。

この銀杏並木なら、宏幸はまだ眼が見えていたとき、幾度も通った記憶がある。秋、サッカー観戦するために国立競技場へ向かう際、少し遠回りをしてここを歩くのが好きだった。いまは、銀杏を眺めるには季節外れの冬であり、すでに葉が散って裸になった木々だけのこの並木道には、彼の他には誰も歩いていなかった。

彼はしかし、まだ散ってはいない、鮮やかな黄色いトンネルの下をくぐっている自分を想像した。子供が両手で落葉を集めて宙に舞わせていたり、カップルが肩を寄せあっていたりする光景を、脳裡に思いえがいて楽しんだ。

——空想できるってことは、眼が見えない者の特権だな。

殺風景な並本道を、宏幸は一人、微笑みながら歩いていた。

「イシイくん！」

遠くから、自分を呼ぶ声が聞こえた。

宏幸は、歩みを止めた。

落葉を踏んで走る音が近づいてきて、自分のすぐ前で止まった。

「ナリタさん、ですよね？」

宏幸が訊くと、「うん」と優しい声がした。

はたして、彼のまえに立っているのは、ジョホールバルの弾丸ツアーで相部屋だった成田宏紀だった。二年ほど会っていない仲間の声を、宏幸は忘れてはいなかった。

サングラスをかけて白杖を持っている宏幸の姿に、成田は言葉を失っているようだった。

「ずいぶんご無沙汰しちゃって……」

宏幸が先に口を開いた。

「心配、してたんだよ」

成田がいった。

「すみません……」

宏幸は、頭を下げた。

「突然、あんなメールを送ってきたっきり、連絡がとれなくなっちゃうんだから」

「そうですよね、すみません……」

宏幸は、もういちど頭を下げた。

成田と会うのは、まだ眼が見えていたとき、クラブＪＢのメンバーと一緒にサッカー合宿をして以来のことだった。

ロンドンから帰国後、悪化した緑内障の手術を受けるにあたり、その前夜に病室でメールを書いてクラブＪＢのメンバー全員に一斉送信した。術後は、サッカーを見ることもやることもできなくなる可能性が高かったため、サッカーで出会い、サッカーでつながった仲間とは、もう二度と会うことはないだろうと、遺書のつもりでメールを書いた。

退院後、しばらくしてから受信メールをチェックしてみると、成田や他のメンバーから幾通も返信メールが届いていた。だが、失明してしまい、もはやサッカーや仲間たちすべてに背を向けたつもりでいた彼は、メールを開いてスクリーンリーダーに読ませることはせず、そのまま削除して返信もしなかった。

以後も音信不通のままだったが、毎晩ボールを蹴るようになると、自分には練習すること以外にも、やらなければならないことがあるように思えた。サッカーによって励まされ、サッカーによって生かされている自分は、いつでもサッカーには誠実であらねばならず、ゆえにサッカーで得た、自分にとっての初めての仲間とも、別れたままでいいはずがないと思った。

メールを書いては消し、また書いては消した。

長い間連絡をせずに申し訳なく思っていること。手術が成功せずに失明してしまったこと。ずっと自室に閉じこもっていたが最近外へ出るようになったこと。そして、またみんなと会いたい気持になっていること。

きっと明るく楽しくサッカーを見たりやったりしているだろう彼らに、自分の暗い悩みを押しつけたくはなかったし、憐れまれるのもいやだった。それに、もしかすると、会わなくなってからすでに二年も経っているのだから、自分のことなど忘れかけている人や、いまさら会いたくない人もいるかもしれないと思い、なかなかメールを送れなかった。

ようやく書いたメールは、とりわけ陽気な文面にすることを心掛けた。また、メールの最後に、お忙しいようでしたら無視していただいて結構です、と遠慮気味につけくわえた。

驚いたことに、すぐにメンバーたちから、たくさんの返信が届いた。

スクリーンリーダーでみんなのメールを読んだとき、宏幸は言葉を失った。

《ほんとうに、ほんとうに、心配していたんだよ》
《失明してしまったなんて、とても驚いています》
《きっと、一人で悩んで、一人で苦しんで、つらかったろうね》
《メールをもらういままで気付いてあげられなくて、ごめんね》
《勇気を出してメールをくれて、ありがとう》
《外に出てこられるなら会おうよ。みんな、待っているから》

スクリーンリーダーが読みあげる機械的な声を聞きながら、宏幸は涙が止まらなかった。涙を拭きながら、すぐに返信メールを書いた。

《みんな、ごめんね。みんな、ありがとう。みんなに、早く会いたいです》

神宮外苑附近の店を選んだのは、宏幸だった。シドニーオリンピック日本代表の壮行試合を、雨の国立競技場で一人で見て、そのときに仲間とは訣別したつもりになっていた。また、同じ国立競技場の近くで再会したかった。

銀杏並木まで迎えに来てくれた成田が、店まで手引きして連れていってくれた。

店は、試合観戦後によく立ちよってサッカー談義に花を咲かせたダーツバーだった。この日、店はクラブJBで貸切にしてもらったらしく、店内にはメンバー全員が揃っているはずだった。

店のまえに到着すると、宏幸は少し顔を強張《こわば》らせた。

——どんな顔をしたら、いいのかな……。

二年も音信不通だった者が突然現れて、しかも失明しているというのだから、暗い顔では困惑させてしまうばかりだと彼は思った。

——やっぱり、笑顔じゃないとな。

店の扉を、成田が開けてくれた。

店内からは音楽がながれてくるだけで、みんなの声は聞こえなかった。

「みなさん、いるんですか？」

宏幸は、成田に訊いた。

「うん、いるよ」と成田が答えた。

メンバー全員が戸惑い顔で宏幸を見つめていたが、宏幸には、なにも見えなかった。

「どうも、イシイです」

戯《おど》けたように後ろ頭を掻いた宏幸は、上手に笑顔をつくってみせた。

メンバー全員が、どう声をかけたらいいかわからないようにうろたえているのが、宏幸にはわかる気がした。

「さあ、入ろう」

成田が右腕を引っぱってくれた。

白杖を折りたたんだ宏幸は、店内に足を踏みいれた。

「おう！」

奥の席から、大きな声がした。

「イシイくん、ひさしぶりだね！」

「あっ」

宏幸には、すぐにその声が誰かわかった。

——もっとボールを追って走れよ！

——ちゃんと自主トレしてんのかよ！

——これぐらいでへたばってどうすんだよ！

クラブＪＢでサッカーを始めたとき、体力もなく下手くそな宏幸を、いちばん手厳しく叱咤《しった》していた植田真人《うえだまこと》の声だった。

「ウエダさん、ですね？」

宏幸が訊くと、彼が椅子から立ちあがる音がして、こちらへやってくるのがわかった。

「席、空けて待ってたんだ。こっちに座りなよ」

宏幸の右腕を掴んだ植田が、席まで手引きして椅子に座らせてくれた。

宏幸と同い年の植田は、弾丸ツアーのジョホールバルからの帰りのバスで、東京で再会してサッカーをしようといいだしたクラブＪＢの発起人だった。小学生の頃から六年間サッカーをしていた彼は、クラブＪＢのキャプテンを任されていた。

宏幸が席につくと、植田が乾杯の音頭をとり、みんなが宏幸とビールグラスを重ねて空気が和《なご》んだ。やがてメンバーが入れかわり立ちかわり宏幸の横までやってきて、宏幸が手に持っているグラスにビールを注いでくれた。彼は酒が強くはなかったが、懸命に飲み、そして、一人ひとりに心配をかけたことを詫びた。

そこからは、失明してから初めてといっていいほど、楽しいひとときを過ごした。自分がいなかったときのことを、かわるがわるにみんなが聞かせてくれ、彼はよく笑った。みんなでダーツをし、彼も矢を持たされ、「もっと右向いて」「違うよ左だよ」などと誘導してもらい、的に当てたりして盛りあがった。

隣に座っているキャプテンの植田が、グラスや箸を探していると手に持たせてくれたり、料理の皿の位置を教えてくれたりした。植田の介助はことさらな感じがせず、さりげないいたわりが嬉しかった。サッカーをしていたときは辛辣《しんらつ》だった植田だけに、別の面を見る思いがした。

「ほっとしたんだ」

ひとしきりみんなで騒ぎ、ようやく誰も宏幸の傍へ来なくなったとき、おもむろに植田が話しはじめた。

「もしかしたら、あんまり俺がイシイくんに厳しくしちゃったもんだから、サッカーが嫌になって、来なくなっちゃったのかな、なんて反省してたんだ」

「そんなんじゃ、ないよ」

宏幸がかぶりを振ると、植田はつづけた。

「うん、そんなんじゃなかった。イシイくんは、俺なんかが厳しくいったくらいで、サッカーが嫌になるようなやつじゃなかった。だって、きっと、イシイくん、ここにいる誰にも負けないくらい、サッカー、好きだもんな」

店内にあるプロジェクターで、誰かが持参した映像をながしはじめた。壁に設置されているロールスクリーンに映しだされたのは、サッカーの試合だった。

「うわあ、懐かしいね」

誰かがいった。

映しだされているのは、青いユニフォームの両袖に、炎のような模様があしらわれた選手たちが戦っている試合だった。

「うわあ、選手たち、みんな若いね」

それは、思い出の一戦、ジョホールバルでの、ワールドカップフランス大会アジア第三代表決定戦、日本対イラン戦だった。映像は延長戦に入っているところが再生され、日本が相手ゴールを攻めあぐねている場面だった。

「嬉しかったんだ」

隣で、植田が話をつづけていた。

「俺、イシイくんがメールをくれて、すごく嬉しかったんだ。……ああ、俺、イシイくんに、忘れられていなかったんだって。俺のことだけじゃなく、あのジョホールバルで、みんなで喜んだことも、忘れられていなかったんだって」

「忘れるわけ、ないよ」

宏幸は手に握っているグラスを口へ運んだ。

いっせいにみんなが大声で笑った。スクリーンのなかで、岡野雅行が、ようやくゴールを決めたのだ。

《ニッポンやりました！　フランスです！　ワールドカップです》

スピーカーから、アナウンサーの叫び声が聞こえた。

植田が笑い、宏幸も笑った。

いま隣に座っている植田の顔を、宏幸は思いうかべてみた。最後に会ってから二年経っているが、成田同様、彼の顔も忘れていなかった。宏幸にとって、このクラブＪＢのキャプテンは、眩しいほどの存在だった。自信をみなぎらせた力強い眼を、いつでも輝かせていた。あたかもそれは、いつも牛乳瓶の底のような眼鏡をかけて、滑稽《こっけい》なほどにおどおどしてしまう自分とは、まるで対極にいるかのようにも思えた。

人の顔は、過去がつくりあげるものかもしれない。

元気にサッカーを六年間つづけ、高校と大学ではテニス部で活躍したキャプテン。

病気をしてサッカーをあきらめ、中学校にすら通わずに自室のベッドで過ごした自分。

通信会社で営業マンとして忙しく仕事をこなしているキャプテン。

長野で転地療養後、ようやく父の会社に縁故採用された自分。

大病などしたことがなく、サッカーを見ることもやることも楽しんでいるキャプテン。

ふたたびサッカーに出会いながらも失明し、見ることもやることもできなくなった自分。

もし、キャプテンと自分とに共通点があるとするなら、それは、同じ年に生まれたことと、同じ球技を好きになったこと、そして、同じ場所で、同じ試合を見て、同じように喜んだことぐらいしかないように思えた。

そんな植田が、いま、隣の席で語っていた。

「こんなこと、メンバーの誰にも話したこと、ないんだけどさ」

なにかをうちあけるような口ぶりで、植田が言葉を継いだ。

その内容を聞くにつれ、宏幸は驚きを隠せなかった。話は、植田に対する印象を一変させるものだった。

植田はもともと通信会社の営業マンではなかったという。大学卒業後に新卒採用で入行した銀行は、巨額の不良債権をかかえ、ときには報道陣が本店前に押しよせてくる状態だった。新入社員の植田に与えられた職務は融資業務であったものの、業績悪化とともに、企業に対して融資の減額や中止をして資金を回収する仕事ばかりになった。その後、銀行が経営破綻して異業種へと転職しなければならず、慣れない仕事を数多くこなした。彼がサッカーを観戦しはじめたのは、「社会人としての実生活であまりに疲れ果てていたから」だという。ドーハの悲劇と呼ばれた日本代表のワールドカップ予選敗退に落胆したこと、地元の茨城にJリーグの強豪チーム、鹿島アントラーズができて、選手たちの活躍に励まされたことは、宏幸と同じだった。そして、一人で弾丸ツアーに参加し、ジョホールバルへとたどりつき、そこで歓喜できたことが、自身の人生の再挑戦への足がかりになったことも、宏幸と同じだった。

「ついこのままでは――」

ビールを飲みながら、植田がつづけた。

「俺、自分のことを、それなりに苦労をしてきたつもりでいたし、それなりに頑張ってきたつもりでいたんだ」

ラルキンスタジアムのトラックをウィニングランしている選手たちの映像を見ながら、みんなが大声で騒いでいた。

「でも、違うよなって」

静かな声で、植田がつづけた。

「イシイくん、きっと、苦しかっただろうね。……俺なんかとは比べものにならないくらい、苦しかっただろうね。……なのに、今日、イシイくん、ここへ来て、俺たちに向かって、笑ってくれたよね。『どうも、イシイです』、そういって、笑ってくれたよね。……イシイくんは、凄いよ。ほんとうに、凄いよ」

映像が終わり、最終電車の時刻も迫ってきた。

宏幸が一言挨拶をして、締めることになった。

拍手され、注目された宏幸は、椅子から立ちあがった。

「あの、みなさんに、ご報告があります」

あらたまって宏幸が前置きすると、酔っているメンバーたちから、「なんだよ結婚か？」「先に赤ちゃんか？」などと野次が飛んだ。

「あの、俺、また、サッカーを始めることにしました」

宏幸の言葉に、突然、みんなが黙った。

「もう、みなさんと一緒のサッカーをすることはできなくなりましたけど、視覚障害者でもできるサッカーが、あったんです。アイマスクをしてもらえば、誰でも一緒にできるサッカーが」

不思議そうな顔をしているメンバーたちに、宏幸はブラインドサッカーについて簡単に説明した。そして、まるで宣言でもするかのようにいいきった。

「こんど、そのブラインドサッカーの日本代表が、初めて組織されるんです。俺、選ばれるように、頑張ってみようかなって」

ブラインドサッカーにもワールドカップに相応する世界選手権があること、パラリンピックの正式種目に採用されることも説明した。

「みなさんご存じのとおり、俺、このなかで、いちばんサッカーが下手くそかもしれません。そんな俺が、日本代表を目指すなんて、みなさん、笑っちゃうかもしれないですけど……」

「笑ったりしないよ！」

キャプテンの植田が、大きな声でいった。

「誰も、笑ったりしないよ。このクラブＪＢから、俺たちの仲間から、日本代表選手が出るかもしれないなんて、凄いことじゃん。みんなで、応援するよ」

大きな拍手につつまれた宏幸は、照れながら深々と頭を下げた。

この夜から三カ月が経った春先のこと、宏幸の携帯電話が鳴った。

神戸で行われたブラインドサッカー講習会のスタッフからの、ブラインドサッカー初の日本代表の、韓国遠征のメンバーに、宏幸が選ばれたという報《しら》せだった。

日本代表　背番号10

前を歩く者の　右肩に自らの右手を置いた石井宏幸は、忙《せわ》しなく辺りを見まわしていた。彼になにかが見えるわけではなかったが、あちらこちらから聞こえる拍手におちつかなかった。ダーツバーでクラブＪＢの仲間からおくられたより遥かに大きな拍手が、耳に痛いほどだった。

——いいのかな……。

宏幸は、心のなかで呟いた。

——俺なんかが、こんなところにいて。

ブラスバンドの演奏がながれる競技場のフィールドを、宏幸たちは列になって行進していた。アイマスクをしている彼らはフォークダンスでもするように、それぞれが肩に手を置くことでつらなっていた。極彩色のチマチョゴリを纏《まと》った一人の若い女性が列を先導し、彼女がプラカードを高々と掲げていることを、宏幸は事前に聞いて知っていた。プラカードには、英語で「JAPAN」と記されていた。

宏幸たちは、揃いの青いユニフォームを着ていた。急造チームだったために練習時は色がまちまちだったが、この大会にあわせて自費で新調した。業者への発注が大会の一週間前で間にあうか心配されたものの、会場へ向かう飛行機に乗る直前に空港のロビーで手渡された。真新しいユニフォームを手にしたとき、すぐさま宏幸は左胸の部分を指で触った。生地の滑らかさとは異なる、ざらりとした感触を確かめたとき、鼓動の高鳴りが自分でもわかった。左胸には、日の丸のワッペンが縫いつけられていた。

ユニフォームを広げてみると、周囲のスタッフから「10番ですよ」と知らされた。サッカーにおける背番号10が特別な意味をもつことを、宏幸は知っていた。すぐさま彼が想起したのは、ワールドカップアメリカ大会アジア地区最終予選、あのドーハでのラモス瑠偉《るい》だった。チームの中心選手が背負う番号などおそれおおいと思ったが、他の誰もが避けたために余っていたのだ。

日の丸と背番号10のついたユニフォームを着た宏幸は、いま、フィールドを行進していた。

そして、彼らの向かい側からも、やはり前を歩く者の肩に手を置いて一列になった集団が行進してきた。その先頭にもチマチョゴリの女性がいて、「KOREA」と書かれたプラカードを掲げていた。それは、これから始まる試合の対戦相手であり、彼らは赤いユニフォームを着ていた。

ブラスバンドの演奏がやむと、観客席からの拍手も小さくなっていき、やがて静かになった。

行進を終えた両チームは、センターラインを挟んでフィールドの中央で整列した。

いま、宏幸が立っているのは、韓国ソウル特別市松坡区《トウクピョルソンパ》オリンピック公園内にある、ブラインドサッカー専用スタジアムのフィールドだった。そして、これから始まるのは、ワールドカップ日韓共催大会記念、第一回ブラインドサッカー日韓交流戦だった。

整列している両チームの選手をまえに、主催者や来賓からの挨拶が終ると、突然、スピーカーから歌声が響いた。

——まさか……。

宏幸は、驚きのあまり口を開けた。

——俺なんかがプレーする試合に？

韓国人オペラ歌手の男女が熱唱するその歌は、『君が代』だった。

これまで宏幸は、幾度もそれを耳にしてきた。マレーシアのジョホールバルでも聞いたし、フランスのトゥールーズでも聞いた。だがそれは観客席で聞いたのであり、まさかフィールド上で、しかも日の丸がついたユニフォームを着た選手として耳にする日が来ようとは思わなかった。

『君が代』が終ると、同じ歌手が韓国国歌を熱唱しはじめた。『君が代』のときは静まりかえっていた観客席から、大合唱が聞こえた。向かいあって列《なら》んでいる対戦相手の選手たちも、敵を威圧するかのように大声で歌っていた。

——うわあ……。

宏幸は、おもわず身震いした。

——ほんとに、始まっちゃうんだ、日韓戦が。


ブラインドサッカー日韓交流戦が開催されることを宏幸が知ったのは、神戸での講習会から帰ってきてしばらくあとのことだった。広瀬浩二郎らが韓国を視察した際、韓国側から対戦を申込まれたのだという。ワールドカップの日韓共催大会を間近に控えており、日韓両国の親善と、アジアでのブラインドサッカー発展のために、第一回交流戦をソウルで開催しようと打診された。

じつは神戸での講習会は、日韓交流戦の日本代表選考会も兼ねていたらしかった。講習会から日韓交流戦までは五カ月ほどしかなく、まだ競技の存在さえ知られていない日本には選手が数えるほどしかいなかった。新たなメンバーを探さなければ日本代表を組織できず、そこで、失明以前にサッカーの経験があった宏幸にも白羽の矢が立った。

日本代表に選ばれてからの宏幸は、これまでにも増して練習に励むようになった。自宅近くの公園でラジオの音を頼りに走ったりボールを蹴ったりする自主トレーニングを欠かさなかった。それればかりでなく、ときには関西へ出向いて広瀬と二人でパスやシュートの練習をした。神戸での講習会のときは、広瀬が豊中から神戸まで誰の手引きもなく一人でやってきたことに宏幸が驚いたが、こんどは反対に驚かれた。

「不思議ですね」

広瀬がいった。

「自宅の庭さえ一人で歩けなかったというイシイさんなのに、サッカーのこととなると、こんなに遠くまで来ることができてしまうんですから」

練習中、なかなか広瀬のように上手にシュートが打てずにいた宏幸は、不安げに訊いた。

「僕なんかで、いいんでしょうか、日本代表」

のちに日本代表のキャプテンに選ばれる広瀬が、優しく答えた。

「もちろん、大丈夫ですよ。だって、イシイさんがやってきたサッカーと、同じなんですから」

広瀬と関西で練習を始めた宏幸は、関東でも練習相手が欲しくなった。通っている横浜の視覚障害者の福祉施設であるライトセンターにかけあい、関東では初めてとなるブラインドサッカーの講習会を開催してみた。神戸での講習会同様、ライトセンターの体育館で行うつもりだったが、驚いたことに四十人以上もの視覚障害者が集まって屋外のゲートボール場まで借りなければならないほどの盛況ぶりだった。

参加者のなかには、他の競技でパラリンピックに出場したメダリストや、全盲になる以前に本格的にサッカーをしていた経験者もいた。彼らの動きはあきらかに宏幸を凌ぐもので、スタッフの一人からは、「こんな講習会なんか開催しちゃったら、イシイさん、日本代表のレギュラーでいられなくなっちゃうんじゃないですか」とからかわれた。たしかにそのとおりかもしれなかったが、宏幸はこう答えた。

「いいんです。もし僕が日本代表から外されてしまったとしても、それは、ブラインドサッカーを一緒にできる仲間が増えたってことですから」

けっきょく、その横浜での講習会参加者からも、日本代表が数名選出された。

ぴぴぃーっ！

ホイッスルが鳴りひびき、日本代表のキックオフで日韓交流戦が始まった。

開始直前までは韓国代表への応援が賑やかだったが、プレーが始まると競技場全体が静まりかえった。ボールに入った鈴の音、キーパーやコーチやガイドの指示、選手同士の声や気配など、耳から入る情報を頼りに選手たちが動くブラインドサッカーでは、プレー中の声援が自粛《じしゅく》される。競技場には「観戦中はお静かに」と韓国語で書かれた看板も立っていた。

宏幸は、フィールドの外にいた。先発のフィールドプレーヤー四人には、関西在住の選手が三人と、横浜の講習会に宏幸が誘った選手一人が選ばれた。宏幸は先発メンバーから外され、控えにまわされた。屋根付きのベンチには座席が足りないときのためにパイプ椅子まで用意されていたが、それらに腰掛けることなく、宏幸はフェンスのすぐ傍に立って出番を待っていた。

ブラインドサッカーでは、サイドラインの代わりに高さ一メートルほどのフェンスが立てられている。それは、選手がフィールドの大きさを把握しながら、外に出てしまうことがないよう安全にプレーするための役割を果たしている。控え選手の宏幸は、そのフェンスのすぐ外側にいた。そして、すでにアイマスクを着け、いつでもフィールドへと飛びだしてゆくつもりでいた。

地元の観衆に見つめられているせいか、韓国代表選手のプレーは激しかった。もし誰かと衝突したらという恐怖心などまるでないように、フィールドを縦横無尽に疾走していた。ときおり日本代表の選手とぶつかることがあったが、弾きとばされるのは、きまって青いユニフォームだった。ルーズボールの奪いあいになると、韓国の選手は体を張って相手を押しのけて優位を保とうとした。ときにはユニフォームを掴んだり、ボールではなく相手の脚を蹴ったりと、ファウルも覚悟のプレーで気迫を見せた。

これが親善試合であることを忘れさせるような、そんな韓国代表の荒々しいプレーを、宏幸は衝撃音や選手たちの声から感じとることができた。味方の選手がフェンスに体を押しつけられたり、フィールドに倒されたりするごとに、握りしめている自分の掌《てのひら》が汗ばんでくるのがわかった。

――相手にとって、この試合は、遊びなんかじゃないんだ。

試合は序盤から一方的で、日本代表は苦戦していた。ドリブルやパスで自陣まで攻めこまれると、毎回のようにシュートまでもっていかれた。なかなかゴールの枠内に飛ばない相手シュートの不正確さに救われてはいたものの、このままではいつ点が入ってもおかしくない展開だった。

相手のシュートが外れて観衆がいっせいに溜息をつくたび、宏幸はそわそわした。その場で軽くジャンプをしたり、足踏みをしてダッシュをする真似をしたり、膝の屈伸をしたりと忙《せわ》しなく動いた。

〇対〇のまま時間が進んでゆくと、さらに相手チームの攻撃は苛烈《かれつ》になっていった。韓国代表は背番号10をつけた選手にボールを集め、ドリブルで突破してシュートを打った。

日本代表はその選手の攻撃に対応できず、相手10番がいる右サイドで再三ピンチをまねいていた。

「イシイさん、出番です！」

日本のスタッフの声がして、右手を掴まれてベンチ前へとつれていかれた。

「いいか、イシイくん――」

監督を務めているスタッフの声がベンチから聞こえた。

「ゴール前、右サイドで守備をしてくれ。そこに攻めてくる選手が、背番号10で相手のエースなんだ。どうにかそいつにくらいついて、シュートをさせないように、頼むよ」

「はい」と返事するのと同時に、宏幸はフィールドのほうへと歩きはじめていた。

「イシイさん！」

フィールド内の遠くから、キャプテンである広瀬の声が聞こえた。

「右サイド、任せましたよ。相手の当たりが強烈だから、気をつけて」

ゴール前、右サイドへ向かって歩きながら、宏幸は広瀬にも「はい」とだけ返事をした。

ぴぃっ！

短くホイッスルが鳴り、試合が再開された。

宏幸は、前を見つめた。

けれども、広いフィィールドのどこかにいるはずの選手たちや、どこかにあるはずのボールが、なにも見えなかった。暗闇のなかに立たされ、彼は身動きがとれなかった。まるで、一歩でもどこかへ踏みだせば、猛突進してくる相手選手と衝突して弾きとばされてしまうような、そんな錯覚をおぼえた。

「右だ！」

ふいに広瀬の声が聞こえ、前方の遠くの右側から微かな音がした。

かしゃかしゃかしゃかしゃ……。

宏幸は、おそるおそる右足を一歩だけ踏みだした。

ボールの音はしだいに大きくなり、こちらへ迫ってくるのがわかった。

彼は、おもいきって走ってみた。

「まいど、まいど、まいど……」

慣れない関西弁を連呼しながら、彼は走った。

ブラインドサッカーでは、選手同士の衝突を避けるため、守備者がボールに近寄る際に声を発しなければならないという規則がある。多くの場合はスペイン語の「Voy《ボイ》」という掛け声が用いられているが、日本代表は「まいど」だった。関西出身の選手の一人が「日本人らしく、『まいど』でいこう」といいだした。

「まいど、まいど、まいど、まいど……」

静かなフィールドに、宏幸による滑稽な関西弁が響きわたった。

ドリブルで突進してくる見えない敵の進路に、宏幸は体を入れた。

いよいよボールの音が自分のすぐ近くまで迫ってきたつぎの瞬間、胸に衝撃を感じた。

彼はよろけて倒れそうになったが、踏んばって体勢を立てなおすと、ボールの音がする足許に右足を出して蹴りだすことを試みた。だがそれを察知した相手がかわしたらしく、宏幸は空振りをしてまたよろけた。

突破してシュートを打とうとする赤いユニフォームの背番号10と、それを阻もうとする青いユニフォームの背番号10とが、一体となってもつれあい、やがて右サイドのフェンス際へと寄っていった。相手の体とぶつかり、宏幸は肩や胸を幾度も激しく押された。そのたびに鈍い痛みを感じたが、彼も負けじと相手を押しかえした。

——負けてたまるか！

背番号10同士のせめぎあいは、赤いユニフォームの選手が押し倒されることでホイッスルが吹かれた。

すでに息をはずませている宏幸は、自分の足許に倒れた選手を上から睨《にら》みつけた。

「いいぞ、イシイくん！」

「イシイくん！　気迫で負けるな！」

フェンスの外から、日本のスタッフが叫んだ。

試合が再開されると、突破をしかけてくる相手に対し、「まいど、まいど」といいながら、宏幸は幾度も向かっていった。

試合そのものは、日本代表が韓国代表に終始圧倒された。シュート数は、日本代表の五本に対し、韓国代表は二十四本。このような専用競技場を有し、国内リーグも盛んで、国際大会への出場経験もあるブラインドサッカー先進国のまえに、これが実戦初体験の日本代表は為す術がなかった。波状攻撃に堪《た》えてなんとか無失点でいるものの、彼我《ひが》の差は歴然としていた。

宏幸のプレーは、ぶざまだった。ドリブルで股間を抜かれたり、相手に押されて尻餅をついたり、すっかり相手に翻弄《ほんろう》された。だが、相手に突きとばされることをも恐れず、身を挺してゴールを守る鬼気迫る「まいど、まいど」のディフェンスは、やがて相手の攻撃パターンを右サイドから左サイドへと変更させるほどだった。左サイドにはキャプテンの広瀬がおり、彼もまた、宏幸同様がむしゃらに相手にすがりついてシュートを狂わせた。

前後半二十五分ずつの合計五十分間、日本代表は相手にゴールを許さなかった。

両チームとも無得点で後半が終了すると、選手全員が審判に手引きされ、センターサークル内に集められた。

立っているのすらやっとなほどに疲弊している宏幸は、両膝に手をつき、肩で息をしていた。

隣では、広瀬が同じように喘いでいるのがその苦しげな息遣いでわかった。

「やるらしいで、ＰＫ戦！」

フィールドの外から、スタッフの一人が教えてくれた。

すぐさま選手一人が主審に手引きされ、キッカーとしてゴール前のペナルティスポットへとつれてゆかれた。

サッカーのＰＫ戦は一般的にキッカーが有利だが、ブラインドサッカーは違う。眼が見えるキーパーが全身を使って阻むゴールに、アイマスクをしているキッカーがボールをねじこむことは容易ではない。

この試合のＰＫ戦でも、日本代表と韓国代表、ともになかなかゴールを決められなかった。三人目のキッカーとなった宏幸も、左隅を狙ったシュートが簡単にキーパーに捕られてしまった。

互いに四人ずつが蹴りおえても一人もゴールを決めることができず、ＰＫ戦は差がついた時点で勝敗が決するゴールデンゴール方式が採用されることになった。

観衆が沸いたのは、八人目となる韓国代表のキッカーがボールを蹴りおえたときのことだった。ゴール右隅に蹴られた強烈なシュートが、日本代表のキーパーが伸ばした左手をかすめてネットに突きささった。センターサークルにいる韓国代表の選手たちは、味方の選手がゴールしたことがわかると抱きあって喜んだ。

まだ日本代表のキックが残ってはいたが、これまで誰一人ゴールを決めることができずにいたため、観衆は勝利を確信したかのように大騒ぎとなった。韓国語の場内放送が静粛を求めたことで、場内はようやく静かになった。

つぎの日本代表のキッカーは、宏幸だった。

センターサークルから彼一人が出ていって、ゴールのほうへと歩きだした。

主審が左腕を掴んで手引きし、ペナルティスポットの位置を教えてくれた。そこにはボールが置かれているらしく、腰を屈めて右腕を伸ばしてみると、指先にその感触があった。

競技場全体が静まりかえっていたが、きっと多くの観客は、自分がこのキックを外し、韓国代表が勝利する瞬間を、固唾《かたず》をのんで見守っているに違いないと彼は思った。

——負けたくない……。

指先でボールに触れたまま、心のなかで彼はいった。

——でも……、どこに蹴っても、止められてしまいそうな気がする。どうすりゃいいんだ……。

ゴールから六メートル離れたペナルティスポットにいる彼は、これから蹴る前方を見つめた。

むろん、なにも見えはしなかったが、想像することならできた。

そこには、両腕両脚を左右に広げ、ゴール前に立ちふさがっている韓国代表のゴールキーパーがいるはずだった。そして、どこに蹴ろうとも、キーパーが長い腕や脚を伸ばしてきて、ボールを止められてしまう。ＰＫ戦突入後、これまで日本代表は、自分も含めて延べ七人のキッカーが挑んだが、誰一人ゴールを決めることができずにいた。

——どうすりゃいいんだ……。

もういちど、彼は自分にいった。

——蹴れば、止められてしまう。止められれば、負けてしまう。けど、負けたくない……。

観衆やスタッフらすべての視線にさらされながら、宏幸は動けなくなった。

彼にとっても、ブラインドサッカー日本代表にとっても、初めての国際大会。あと一蹴りで勝敗が決するかもしれない土壇場で、腰を屈め、右腕を伸ばし、指先でボールに触れたままの姿勢で、彼は静止してしまった。

——どこに蹴ればいいんだ……。

自分の瞼を透《とお》し、着けているアイマスクをも透し、彼は、ボールを見つめてみた。

そこにはなにもなく、ボールはもちろん、自分の腕さえも見えず、ただ暗闇が、どこまでもひろがっているだけだった。

いまから蹴らなければならないボールの上に、右の掌をのせてみた。滑らかなビニールが継ぎあわせてあるボールは、いつものように丸く、そして、少しだけ冷たかった。

——大丈夫ですよ。

ふいに、耳の奥のほうで、なにかが聞こえた。

——大丈夫ですよ。

それは、いつか耳にした、キャプテン広瀬の声だった。

——だって、イシイさんがやってきたサッカーと、同じなんですから。

ボールの上に掌をのせたまま、宏幸はその声を聞いた。

――たしかに、同じだ。

彼は、心のなかで頷いた。

――小さな頃から蹴ってきたボールと、たしかに、同じだ。

小学生のときから、幾万回もサッカーボールを蹴ってきた。中学生で病気がちになり、一時はそのボールを下駄箱の奥へと仕舞いこんでしまったこともあった。だが、ドーハやジョホールバルで奮闘する日本代表選手たちの懸命さや、クラブＪＢの仲間たちと過ごした時間が、また、ボールへと向かわせてくれた。

手術に失敗し、ボールも、なにも、見えなくなってしまった。

けれども、世界のどこかで、自分と同じように、なにも見えなくなってしまった誰かが、それでもサッカーがしたくて、動かすと音が聞こえるボールがあればと願った。

そして、いま、自分の手に、そのボールがある。

宏幸は、右手でボールを揺すってみた。

かしゃかしゃ……。

サッカーボールの音が聞こえる。

――そうだ。

ふたたび彼は、前方を見つめた。

——簡単なことじゃないか。これも、俺がやってきたサッカーと、同じなんだから。

不思議だった。いま、彼が見つめている前方には、さきほど想像した、闇のなか六メートル先にいるキーパーが、もうそこにはいなかった。そればかりか、ゴールマウスもそこにはなかった。

かわりに、うすぼんやりと、壁が見えてきた。

白っぽい大谷石《おおやいし》が積まれたその壁は、二宮町の自宅近くにある、路地に面した古い壁だった。

幼い頃、その壁を相手にボールを蹴るのが楽しくて、日が暮れても一人で遊びつづけた。その壁についた模様のような汚れや、傷のかたちまで、いまでもよく憶えている。むかしテレビで見たイタリアのサッカー選手の真似をして、ノーステップでふわりとボールを蹴り、壁の狙ったところに当てる遊びに夢中になった。

——よし……、やってみよう。

前方を見つめると、こんどは、はっきりと、あの見慣れた壁が浮かびあがった。

ぴぃーっ。

キックを促すホイッスルが鳴った。

壁の右上を狙いすまし、ボールから右手を離すと、その刹那、右足を振りあげることも、左足を踏みこむこともせず、ノーステップでボールを蹴った。

かしゃ……。

ボールの音がしたのは一瞬だけで、すぐに無音になった。

ぴっぴぃーっ。

長いホイッスルが鳴った。

場内は、静かなままだった。

なにが起きたかわからない宏幸は、ボールを蹴ったときのままの姿勢で、茫然と立ちつくしていた。

《日本《イルボン》、ゴール》

場内放送が、宏幸が蹴ったボールの行方を告げた。

「やったあ！」

宏幸の背後、遠いセンターサークルから声がした。キャプテン広瀬の絶叫だった。

宏幸は、振りかえった。

「よっしゃあ！」

他のメンバーたちが、静まりかえっているアウェイのフィールドで叫んでいた。

宏幸は走った。

歓喜するメンバーたちの声がするほうへと走った。

ここにいる日本代表のメンバーたちとは、失明後に出会った。彼らがどんな顔をしているのか、宏幸は知らなかった。

——顔なんか、知らなくてもいい。

宏幸は思った。

——いま、自分と同じ、青いユニフォームを着て、自分と同じ、気持でいてくれる。それだけでいい。

笑顔で迎えてくれているだろう仲間たちのもとへ、彼は、全身で飛びこんでいった。


試合は、韓国代表が勝利した。

ゴールデンゴール方式のＰＫ戦、宏幸のゴールで一対一とした直後に、韓国の選手が二つめのゴールを決め、つぎに蹴った日本の選手が外して試合が終了した。

その晩、宏幸は、広瀬と一緒にソウルの街へ出た。

白杖をつきながら歩く宏幸は、右脚を引きずっていた。

「イシイさんもですか？」

隣で歩いている広瀬がいった。

「脚、痛いんでしょ?」

足音でわかったらしい。

試合中に相手とボールを奪いあっているとき、右脚の脛《すね》をしたたかに蹴られた。試合中は無我夢中で痛さなど感じなかったが、試合後のロッカー室でソックスを脱いだとき、脛あて《シンガード》をつけていたにもかかわらずひどく腫れあがっていることに気付いた。

「え? ヒロセさんも、ですか?」

宏幸が訊くと、広瀬が笑った。

「僕たち二人だけじゃないですよ。メンバー、みんな、同じですよ」

広瀬がそういうと、こんどは宏幸が笑った。

「いまごろ、韓国の選手たちも痛がっているかもしれないな。だって、僕、ボールを蹴ろうとして、相手の脛を蹴っとばしちゃった感触、ありましたもん」

笑いながら脚を引きずり、二人はソウルの街を歩いていった。

日本選手権

「日本選手権、やりませんか？」

気が抜けてしまっているビールのジョッキをテーブルに置いたまま、石井宏幸は突然いった。

居酒屋の店内は客も店員も大声で喋っていて騒がしかった。だが宏幸たちのテーブルだけ、彼の一言で静かになってしまった。

この日は、渡韓したブラインドサッカー日本代表のメンバーやスタッフが集まっての忘年会だった。キャプテンの広瀬浩二郎だけは、仕事の都合でアメリカへの長期出張でここにはいなかった。

「日本選手権、っていったって」

宏幸の左隣の席に座っている男が自嘲気味にいった。

「日本にブラインドサッカーをやっているチームなんて、俺たちの日本代表しかないし」

「ですよね……」

宏幸は頷いた。

「チームだけじゃなく、会場だって」

宏幸の右斜め向かいの席に座っている男がつづけた。

「韓国みたいなブラインドサッカーの専用競技場が、あるわけじゃなし」

「ですよね……」

宏幸は、また頷いた。

しばらく誰も口をきかなかったが、俯いていた宏幸は顔を上げると、さきほどより大きめの声でいった。

「でも、やりませんか？　日本選手権」

普段は無口な宏幸がいつになく強い調子でくりかえしたことに、テーブルにいるメンバーたちは少し意外な様子だった。

「僕、思うんです」

宏幸が、おもいきってつづけた。

「Jリーグができたことで、日本にサッカーがひろまったし、日本代表も強くなりましたよね。ブラインドサッカーも、日本選手権ができれば、いいのかなあ、なんて」

宏幸の提案に反応はなく、メンバーの一人が「どうしたの、イシイくん、突然チェアマンみたいになっちゃって」と冗談めかしていったきり、話題は韓国での思い出話に移ってしまった。

みんなで笑ったりして、テーブルはまた賑やかになったが、宏幸は、ずっと同じことばかり考えていた。

――できないかなあ、日本選手権……。


韓国から帰国後、宏幸は韓国代表の監督が語ってくれた言葉を思いかえしていた。

「うちなんて、強くないです。世界の強豪からみれば、子供みたいなものです」

それは、あのＰＫ戦で敗れたあとに、日本人スタッフの一人が「韓国にはとても敵《かな》いません」といったことへの、相手監督の返事だった。

そのときは謙遜《けんそん》だろうと宏幸は思ったが、そうでないことがわかる日が来た。

韓国との日韓交流戦から六カ月後、日本代表のメンバーはふたたびソウルに招待された。

そこで、国際視覚障害者スポーツ連盟認可の国際大会が開催された。参加国は韓国と日本の他に、ヨーロッパ王者であるスペインと、世界選手権覇者であるブラジルの四カ国だった。

リーグ戦で争われたその大会、宏幸らの日本代表は三戦全敗だった。スペインに〇対三、ブラジルに〇対七という惨敗ぶりは、悔しさよりむしろ、世界との格差を身をもって痛感させられた気がした。自分たちはシュートはおろか、ボールをキープすることすらままならなかった。だがスペインの選手は、細かなパスワークのコンビネーションプレーで攻めこんできた。ブラジルの選手は個人技が多彩で、リフティングのような空中でのボールコントロールなど派手なプレーで観衆を沸かせた。

スペインやブラジルと対戦してみて、ブラインドサッカーの実力は、そのまま各国のサッカーレベルに比例しているのではないかと宏幸は感じた。ヨーロッパや南アメリカなどのサッカー先進国といっていい国々では、多数のブラインドサッカーのチームが存在し、国内リーグも盛んに行われている。アジアでは韓国が十チーム以上でリーグを組織しており、専用競技場も整備している。

まだ失明する以前、宏幸は日本代表がワールドカップに初出場を果たしたことで、日本もサッカー先進国の仲間入りをしたと思いこんでいた。だが、国内に一つもブラインドサッカーのチームがないだけでなく、ほとんどのサッカーファンがブラインドサッカーの存在さえ知らない現状に、彼はその考えを改めなければならないと思うようになった。

どうしたらブラインドサッカーでも、日本は世界に伍《ご》することができるのか。

スペインやブラジルにはもちろん、韓国にも勝てずに帰国するその飛行機のなかで、宏幸はずっとそればかりを考えていた。

むろん、一選手としては、これまで以上に練習に励むし、それは他の日本代表選手とて同じだろう。だが、その立場を超えて日本におけるブラインドサッカーの現状をみたとき、個々が技術力を上げるということ以上の劇的な変革がなければ、世界に追いつき、追いこすことなどできないのではないかと思えた。たとえば国内では、日本代表の練習試合の相手チームを探すことさえ困難な状況なのだ。

もし、日本代表のメンバー一人ひとりが、新たに選手を募ってチームを結成すれば、それが関東と関西に一チームずつであったとしても、その対抗戦に「日本選手権」の冠をつけてしまえばいい。そして、日本選手権を毎年つづけてゆくことで、多くの人々にブラインドサッカーを認知させ、選手を増やし、チームを増やす。引いてはそれが、日本代表のレベルアップにつながるのではないか。

そして、韓国からの帰途、成田空港から電車を乗りつぎ、JR二宮駅に着いたときも、大会名は「日本選手権」でいいのか、「全日本選手権」としたら大仰すぎるか、そんなことを思案しながらプラットホームを歩いていた。すると突然、地面が消えてしまったような錯覚をおぼえた。

「あっ」

そう声をもらした宏幸は、つぎの瞬間、腰に激痛がはしり、いったいなにが起きたのかわからないまま身悶《みもだ》えした。

「たいへんだぁ！　いま人が、ホームから落ちたぞぉ！」

上のほうからそう叫ぶ声が聞こえたことで、自分がなにをしでかしたのか気付いた。

「田舎の駅でよかったねえ。なかなか電車が来なくてさあ」

ホームへ引きあげてくれた駅員がそういって笑ったが、宏幸は腰が痛くて笑えなかった。

自宅に着き、救急箱から湿布薬を出しながら、こんどの忘年会で日本選手権の開催を提案してみようと心に決めた。

そして、忘年会の翌週、日本ブラインドサッカー協会の理事会で、宏幸は正式に日本選手権開催を発案してみた。この協会は、渡韓したメンバーやスタッフが中心となって組織されたもので、宏幸も理事の一人に選ばれていた。理事会では二つのことが決議された。一つは、翌年三月に向けて日本選手権開催を目指してみること。もう一つは、日本選手権の実行委員長を宏幸とすること。これには彼が「僕なんか」といって反対したが、「いいだしっぺなんだから」とみなに諭されて引きうけることになった。

ブラインドサッカー日本選手権実行委員会実行委員長と肩書きは長かったが、実行委員は当初彼一人で、すなわち委員長一人きりの委員会だった。チーム作り、会場探し、協賛企業探し、集客、広報活動、規則整備と、すべて一からの作業を、たった一人でこなさなければならなかった。委員会事務局は二宮の自宅とし、問合わせ先は、自身の携帯電話と、自宅の電話を親に断って使わせてもらうことにした。問題は、開催まで三カ月しかなく、一緒に動いてくれるスタッフもおらず、時間も人手も足りないことだった。

まず宏幸は、スタッフ探しから始めた。実現の可能性が低い大会のために、無償で手伝ってくれる物好きなど、そうはいないだろうと思ってはいたが、一人だけ、目星をつけていた。

これより二カ月ほどまえ、奈良で行われた日本代表強化合宿のとき、一人の若者がボランティアとして、わざわざ東京から車でかけつけてくれた。松崎英吾《まつざきえいご》と名告《なの》った若者は大学四年生で、時間もやる気もありそうで実行委員にはうってつけに思えた。

宏幸の閉塞《へいそく》した若かりし頃とはまるで異なり、現在二十一歳の松崎の未来は前途洋々だった。

一流私大に在籍し、国際ジャーナリストになるという夢に向かって準備しており、卒業後は大手出版社に就職が決まっているらしかった。自分のいいたいことをなかなか口に出せず、集団のなかでは黙っていることが多い宏幸に対し、松崎は快活で物怖《ものお》じなどしなかった。たとえば合宿中、初めての参加にもかかわらず、自分が思いついた練習法をスタッフ全員のまえで説明し、選手たちにそれを実践させるほどの積極性があった。

「初めての日本選手権開催の手助けをしてくれませんか」

そう宏幸が頼むと、松崎は快諾してくれた。

「眼が見えない人は――」

松崎がいった。

「性格も暗くて、気難しい人ばかりなんだろうなと思いこんでいたんですけど、酒を飲んで酔っぱらって無茶する人がいたり、エロい話をする人がいたり、なあんだ、自分と一緒じゃないかって」

「ブラインドサッカーは――」

松崎はこうもいった。

「どうせ障害者のためのつまらないスポーツなんだろうなと思いこんでいたんですけど、ボールも相手も見えないのに、音を聞いて頭のなかでイマジネーションをかきたててプレーするなんて画期的に思えたし、真剣にぶつかりあい、自由に走りまわっている選手たちを見ているうちに、これって、障害者スポーツというより、スポーツそのものとして、見ていておもしろいじゃないかって」

そんな松崎と二人、さっそく宏幸は二カ月後の日本選手権開催へ向けて動きだした。

まずは、チームをどう組織してゆくか。

宏幸は二宮町の自宅から、松崎は大学のある東京都三鷹《みたか》市から、それぞれ都心へ出てきては喫茶店で二人だけの会議をした。

「東西、最低二チームは必要ですよね。日本選手権、なんてうたうんですから」

宏幸がそうきりだすと、「二チーム？」と松崎が訝《いぶか》しげな声をだした。

「たった二チームじゃ、一試合やっておしまい、いきなり決勝戦になっちゃうじゃないですか。最低四チームは必要ですよ。そうすれば、準決勝二試合と、三位決定戦と、決勝戦、合計四試合できますから」

渡韓した日本代表選手が中心になれば関西に一チームはできる。関東にも同様に一チームと、そして横浜での講習会の受講者を募ればもう一チームできるかもしれない。問題は、もう一チームをどうするか。

「ところで――」

松崎が訊いた。

「イシイさんって、どのチームでプレーされるんですか？」

「え？　僕？」

宏幸は黙ってしまった。ブラインドサッカーの強化や普及のためには日本選手権開催をと、そればかり考えていて、自身がどこでプレーするかは頭から飛んでしまっていた。

「そうねえ……。どこに入れてもらおうか、どこに入れてもらおうか……」

「どこに入れてもらおうか、じゃなくて、イシイさんも、チームを作りましょうよ。そうすれば、四チームになるでしょ」

「僕が？　チームを？」

さっそく翌日ライトセンターで出会った一人に呼びかけ、チーム結成をもちかけた。すぐにその一人が他の四人に声をかけてくれて、即席チームができた。みなブラインドサッカー初心者だったが、贅沢はいっていられなかった。

チームのつぎは、審判員をどうするか。それ以前に、国際視覚障害者スポーツ連盟で定めているブラインドサッカーの国際規則を知っている者すら日本には皆無だった。

「僕、やります」と松崎がいった。韓国で貰ってきた全編英語のルールブックを、まずはすべて翻訳するところから始めなければならなかったが、松崎は徹夜をかさねてそれを仕上げてくれた。

さらにはそれを丸暗記し、大会当日には審判を務めてくれることになった。

また、大会を開催するには、会場費、集客のためのチラシ制作費、優勝トロフィー製作費などを協賛してくれる企業を探さなければならなかった。親許で食べさせてもらいつつ、夢だったロンドン留学のための貯金をきりくずしている宏幸も、大学生でアルバイトを休んでいる松崎も、コーヒー代すら惜しいくらいにカネがなかった。

彼ら二人は、協賛してくれそうな企業に電話で面会の約束をとりつけては、スーツにネクタイ姿で出向いてゆき、ブラインドサッカーの魅力や日本選手権開催の意義を説いてまわった。いくつかの企業が協力してくれることになり、徐々に準備が整っていった。

すでに就職活動を終えていて企業まわりの経験がある松崎から、宏幸はことあるごとに注意された。「もっと深めにお辞儀をしたほうがいいですよ」「もっと笑顔で接したほうがいいですよ」「もっとわかりやすくはきはきと話したほうがいいですよ」。そんな年下からの助言を聞きながら、しだいに宏幸は、自分がこれから社会の一員になるための準備をさせてもらっているような気がしてきた。

「マツザキさん――」

年下の相棒を、宏幸は「さん」付けで呼ぶ。

「マツザキさん、どうもありがとう。これからも、なにか気付いたことがあったら、どんどん注意してください。ほんとうに、どうもありがとう」

そういわれた松崎は照れたのか、「すみません、いつも、ずけずけと遠慮がなくて」と、普段より小声でいった。

チーム、審判、協賛と、徐々に日本選手権開催への準備を整えてゆく二人だったが、大きな問題があった。肝心の試合会場が見つからないのだ。東京近郊のフットサル場にかたっぱしから電話をかけて大会趣旨を説明したが、ブラインドサッカーという耳慣れないスポーツに理解を示してくれるところはなかった。それが視覚障害者による競技だと伝えると、なおのこと事故などを心配されて断られた。

なかなか会場が見つからずにいると、宏幸は焦るばかりでなく、不安になってきた。考えてみれば、クラブJBでフットサル場を探していたときでさえ一苦労で、フランスやイギリスとの環境の違いに愕然とした。この国でブラインドサッカーができる場所となれば、なおのこと困難なのは当然といえた。フィールドには安全にプレーするためのフェンスが必要だった。周辺の通路には視覚障害者のための点字ブロックや手摺があったほうがいいし、危険な段差はないほうがいい。かといって、一般のサッカーファンにも大勢観戦にきてもらいたいため、ライトセンターなど障害者のための施設ではやりたくない。

「そんな場所、あるのかなあ」

宏幸が不安げに呟くと、松崎はなにも答えなかった。

「韓国はいいよなあ、専用競技場なんかあるんだから」

宏幸が羨ましげに呟いても、松崎は黙っていた。

そうしてさらに半月が過ぎたとき、宏幸がインターネットとスクリーンリーダーで、ある場所を見つけた。東京都多摩《たま》市内にあるデパートの屋上に、貸しスペースのついたフットサル場があった。すぐに電話をしてみると、「いちど視察に来てみてください」といってもらえた。翌日、喜び勇んで松崎と二人、現地へ行ってみることにした。


その日、自宅の玄関を出た宏幸は、顔に点々と冷たさを感じた。指で頬を拭っても濡れることはなく、それが雨ではなく雪であることに気付いた。

駅へと向かう道を歩いているときは、まだ路面は水浸しのようで、一歩踏みだすたびに水がはねる音がした。電車に乗って京王多摩センター駅で降りて駅舎を出ると、足許は砂を踏んでいるような感触へと変わっていた。

「ずいぶん積もりましたね。あたりはすべてまっしろですよ」

駅前で待ちあわせた松崎が教えてくれた。

駅の近くにあるデパートに入り、二人はエレベーターで屋上へと上がった。

「うわあ、ここもまっしろだ」

エレベーターの扉が開くなり、松崎がいった。

それを聞いた宏幸は、深く溜息をつきながら、「もし」といった。

「大会当日も雨が降ったりしたら、屋根がないここだと、駄目かもしれないな」

エレベーターを降り、唯一の日本選手権会場候補である屋上のフットサル場に出ようとした。そのとき突然足許に段差があり、躓《つまづ》いて転びそうになった。

そして、数歩進んだとき、また段差があったが、こんどは用心していたために躓かなかった。

「点字ブロックもないし、手摺もない。こんなに段差が多くちゃ危ないし、やっぱりここだと、駄目かもしれないな」

事前の電話によると、この屋上にはフェンスの代わりになるかもしれないネットが張りめぐらされているとのことで、それを確かめようと、宏幸はフットサル場のなかへと入ってみた。

平日昼間のデパートの屋上、しかも雪とあって、そこには彼ら二人しかいなかった。

宏幸は右手に白杖を持ち、左手の指先でネットに触れ、そのネットに沿ってフットサル場内を歩きはじめた。

雪が積もった白いフィールドに、白杖の線と足跡とが、規則正しく残されていった。

それを、彼の後ろからついて歩いた松崎が踏んだ。

しばらく歩いていると、「ストップ」という背後からの松崎の声に、宏幸は足を止めた。

「イシイさんの眼のまえに、コンクリートの柱があります」

松崎がいった。

ネットから指を離した宏幸は、左腕を前方に突きだした。すぐに手がなにかに触れ、彼はそれに掌を当ててみた。コンクリートでできている円柱は、外気にさらされていたために、とても冷たかった。

「柱が七、八本建っていて、そこからのびているワイヤーで、ネットを吊《つ》っているんです」

松崎が説明してくれた。

「うーん……」

宏幸は、柱を掌で幾度も叩いた。

「こんなに柱があったら、もし誰かが衝突したら、たいへんなことになっちゃいますよね。やっぱりここだと、駄目かもしれないな」

柱に手をついたまましばらく黙り、大きく溜息をつくと、「あーあ」と宏幸はいった。

「日本選手権やりませんか、なんて、大風呂敷を広げちゃって、実行委員長まで引きうけちゃったけど、会場を見つけることすら、できないなんて……」

柱から手を離し、宏幸はかぶりを振った。

「僕じゃ、駄目なのかな。それに、日本選手権なんて、無理なのかな」

彼はそういうと、俯いて黙ってしまった。

しばらく沈黙がつづいた。

「なあんだ」

突然、背後にいる松崎が大きな声でいった。

「けっきょく、同じじゃん」

「え？」

宏幸は、松崎のほうへ振りむいた。

「同じじゃんて、なにが？」

松崎はそれには答えず、「もし」といった。

「もし、俺が、イシイさんみたいに、眼が見えなくなってしまったら、いったいどうなってしまうんだろう。きっと、泣いてばかりいて、なにもできなくなって、生きていられるのかな、なんて、そんなこと、考えたことがありました」

わけがわからないという表情で、宏幸は松崎の声を聞いていた。

「俺、初めてブラインドサッカーのボランティアに参加したとき」

松崎がつづけた。

「内心、嫌々だったんです。知りあいに身体障害者がいなくて、眼が見えない人と、どう接したらいいかわからなかったし……」

宏幸は、表情を変えずに松崎の声を聞いていた。

「もうすぐ俺は――」

自分に呟くような声で、松崎がつづけた。

「大学を卒業して、社会に出ます。俺には、夢があります。だけど、俺には、不安もあります。自分自身、迷ってしまって、先に進めなくなることもあるんです。……そんなとき出会ったのが、イシイさんたちでした。凄《すげ》えと思いました。音だけを頼りに、ドリブルができたり、パスができたり、シュートができたり。イシイさんたちのプレーは、人間業《にんげんわざ》じゃないと思いました。それに、失明しても、自分の目標に向かって練習に励んで、あんなプレーができるようになるなんて、きっと、イシイさんたちの心には、俺が参考にさせてもらえるような、なにかがあるんだろうと思いました。だから、イシイさんが日本選手権を立ちあげると聞いたとき、俺、お手伝いさせていただこうと思いました。イシイさんの傍にいることでパワーがもらえるかもしれないって。でも――」

少し黙ってから、松崎がつづけた。

「でも、けっきょく、同じじゃんって。プレーは人間離れしているかもしれないけど、心は、俺と同じじゃんって。屋根がないから駄目、段差があるから駄目、柱があるから駄目。……駄目、駄目、駄目って、駄目な理由をいくつ挙げたって、そんなの、意味ないでしょ。韓国のことをいくら羨んでみたって、そんなの、意味ないでしょ」

白い屋上はひっそりとして、ときおり、京王線の電車が線路を踏む音が遠くから響いていた。

「イシイさん――」

松崎の声は、どこか優しい感じがした。

「初めての日本選手権、イシイさんがやらずに、誰がやるんですか。いまやらずに、いつやるんですか」

ふいに、宏幸の髪や肩を、松崎がそっと撫《な》でた。

それは、撫でられたのではなく、いつのまにか積もっていた雪を払われたのだと宏幸が気付くまでに時間がかかった。

「屋根がないなら、どうすればいいか。段差があって誰かが転びそうなら、どうすればいいか。柱があって誰かがぶつかりそうなら、どうすればいいか。一緒に考えてみましょうよ。そして、ぜったいに、日本選手権、成功させてみせましょうよ。だって、好きなことを一生懸命頑張れば、できないことだって、できるようになるかもしれないって、ブラインドサッカーを通じて、俺に教えてくれたのは、イシイさんじゃないですか」

しばらくその場に立ちつくし、俯いたままでいた宏幸は、やがて、ゆっくりと、顔を上げた。

You'll never walk alone

春が来て、ブラインドサッカーの日本選手権大会当日になった。

その朝、石井宏幸は、ベッドで唸《うな》っていた。

「風邪かしらねえ」

心配げにそういう母が、彼の腋《わき》から体温計を引きぬいた。

「あら！　三十九度一分もあるわよ」

母のいうように風邪かもしれなかったが、この三カ月間の疲労がたたったのだろうと宏幸は思っていた。

彼は、起きあがった。

スウェットを脱ごうと腕を伸ばすと、熱のせいか関節が痛んだ。

「なにしてるの？」

母がいった。

「まさか、ヒロ、大会に、行くつもり？」

母には答えず、宏幸は着替えをはじめた。ベッドの下に畳んでおいたジャージとジーンズを手に取り、緩慢な動作でそれを身につけていった。

「無理よ！　こんなに熱があるのに、無理よ！」


デパートの屋上を松崎英吾と下見してからは、これまでの宏幸の人生で最も多忙な三カ月になった。

会場はデパートの屋上に決めた。選択肢が他にない以上、屋根がないことには我慢し、段差には板を敷きつめ、石柱にはクッション材を巻きつけることにした。

選手たちに試合をする場を作るという主旨の他に、多くの人々にブラインドサッカーを知ってもらうという目的も大会にはあった。そのため宏幸は、テレビ局や新聞社や出版社に電話をかけて大会概要を告知した。また、引退した元プロサッカー選手に開会式前のイベントとしてトークショーを依頼し、集客に一役買ってもらおうとした。さらに、デザイン会社に勤めている姉の優子に大会のチラシを制作してもらい、当日は自分がそれをデパートで撒くことで、大勢の観客を集めようと思っていた。

会場が決定してからも、選手の傷害保険への加入や、トロフィーの製作発注や、関西など遠方から来る選手やスタッフの宿舎の確保など、宏幸がやらなければならない仕事は尽きなかった。やがて興味を示してくれた報道各社からの問合わせが彼の携帯電話に頻繁にかかってくるようになって対応におおわらわになった。

そんななか、彼は選手としても練習しなければならず、毎晩のランニングとボール蹴りを欠かさなかった。ある日、ラジオの電池が切れていることに気付かず、そのまま音の助けなしに走っていると、鉄棒があったことを忘れて全力疾走し、額を強打して倒れてしまったことがあった。それでも、翌日には腫れあがった額のまま新聞社の取材をうけて驚かれた。

この三カ月間で、彼のチームのメンバー全員が集まって練習できたのは、わずか二回しかなかった。練習場所は、「日本サッカーの聖地」と称される国立競技場から千五百メートルほどしか離れていないところにある、細長い敷地の公園だった。夜、青山霊園のとなり、人が寄りつかない薄暗いそこに集まり、深夜までひたすらボールを蹴りあった。まだ雪が降る日もあるというのに、練習が終るときにはシャツが汗で重たくなるほどだった。

眼が見えていた頃は、アレルギー性喘息が悪化してからずっとベッドにいることが多く、目標や目的をもってなにかに一生懸命にうちこんだことなどいちどもなかった。朝、一緒に学校へ行こうと友だちが誘いに来てくれても、自分では顔を出さず、母に玄関に出てもらうことで逃げていた。どうせ俺には持病があるんだと自暴自棄になり、ベッドに潜りつづけた時期もあった。眼が見えなくなった直後も、同じベッドでうずくまり、生きていなければならないことの意味を自問しつづけていた。

それが、眼が見えなくなってしばらく経ったいまは、ベッドで眠る間も惜しんで外へ出て、日本選手権開催のために奔走していた。難題に直面すると、自分なんかでは駄目なのかもしれない、大会は来年に延期しなければ無理なのかもしれないと、弱気になってしまうこともあった。だが彼は、そのたびごとに自分自身を励ました。

——俺がやらずに、誰がやるんだ。いまやらずに、いつやるんだ。

そして、選手権当日の朝、彼は発熱した。

けれども、彼は、ベッドから這いだし、着替え、白杖を手にし、外へ出た。

「そんな熱で外へ出るなんて無茶よ！」

おろおろしながら止めようとする母に、「大丈夫だよ」とだけいって玄関をあとにした。

会場までの道すがら、ひどい頭痛と倦怠感で、電車では立っていることすらやっとだった。会場の最寄駅の京王多摩センターを降りてからも、平らであるはずの歩道がうねっているように思え、ふらつきながら歩いた。ときおり倒れてしまいそうになり、通りすがりの見知らぬ誰かに支えられた。休日の駅前は喧騒で賑やかなはずなのに、自分の鼓動しか聞こえなかった。よろめきながら白杖をつき、一歩、また一歩と進んで、ようやくデパートまで着いた。

エレベーターに乗りこんだとき、自分の左手首にはめている腕時計で時間を確認した。それは、視覚障害者用の時計で、指で針に触れることで時刻がわかるようになっていた。

——しまった！

熱のせいで歩くのが遅かったため、すでに時刻は開会式の直前になってしまっていた。開会式の前に、会場で自分がやらなければならない重要な仕事を残していた。

この日本選手権は、ブラインドサッカーのことなどなにも知らない、しかしサッカーは大好きだという多くの眼が見える人々に見てほしかった。彼は、こう伝えたかった。

——眼が見えなくなってしまった視覚障害者にも、サッカーが大好きな人が大勢います。音を頼りにボールを蹴ることはとても難しいけれど、上手に蹴れたときや、全力で走ったときの気持よさ、そして、勝ったときの喜びや、負けたときの悔しさを、みんなが求めています。ブラインドサッカーもサッカーだし、障害者スポーツもスポーツだし、そして、それが大好きな僕らの心には、健常者や、障害者なんていう、壁なんかない。

多くの人々にそんなことを知ってもらいたくて、宏幸は現役を引退したプロサッカー選手の北澤豪《きたざわつよし》に大会前のトークショーを依頼した。北澤はワールドカップ予選のあのドーハでのイラク戦や、ジョホールバルでのイラン戦でもメンバーに選出されていた元日本代表選手だった。そのトークショーの会場は、日本選手権が行われるフィールドの横にある。その出入口に立ち、トークショーだけをめあてにやってきたサッカーファンに、姉が作ってくれたブラインドサッカー日本選手権のチラシを配りたいと思った。

大会は、松崎をはじめ、多くのボランティアスタッフが手伝ってくれることになってはいた。だが、松崎は審判を務めることになっているし、他のボランティアスタッフもそれぞれの役割があって忙しいため、宏幸は自分自身で呼びかけるつもりだった。

——お願いします！　いまから、ブラインドサッカーという、新しいサッカーの日本選手権が初めて行われます。ぜひ観戦していってください。お願いします！

そういいながら、一人ひとりの顔は見えないけれど、自分の手でチラシを手渡すことで、ブラインドサッカーを見てもらい、知ってもらうこと。それが、この第一回日本選手権における、自分の最後の仕事なのだと、宏幸は思っていた。

休日のデパートのエレベーターは混んでおり、各階に停まるためになかなか上に進まなかった。

すでに時刻はトークショーが終ってしまっている頃で、早くしなければ人が去ってしまう。それなのに、エレベーターは遅々として進まなかった。

各階でエレベーターに乗りこんできたり、降りていったりする人ごみに揉まれながら、高熱を出している宏幸は、全身から汗を吹きださせ、荒々しく肩で呼吸をし、もはや壁に凭《もた》れていなければ倒れてしまいそうなほどに衰弱していた。

――早く、早く行かなければ……。

ようやく屋上に到着して扉が開くと、ふらつきながら、白杖をついて歩きだした。

――チラシを、姉さんが作ってくれたチラシを……。

チラシが置いてある場所を早く探し、それを持ってトークショーの会場出口へ行き、客が帰ってしまうまえに、隣の日本選手権会場へと誘導しなければならない。白杖で体を支えるようにして、彼は必死に歩いていた。

「お願いします！」

遠くから、微かに声が聞こえた。

もういちど、こんどははっきりと、声が聞こえた。

「お願いします！」

「よろしければ、ぜひ観戦していってください。お願いします！」

彼には、なにも見えず、ただ、声しか聞こえなかった。

――なぜだろう……。

宏幸は、立ちどまった。

――なぜ、俺がいわなきゃならない言葉が、聞こえてくるんだろう……。

「お願いします！」

――熱か？　熱のせいで、幻聴が聞こえるのか？

「お願いします！」

一歩だけ進むと、そのぶんだけ声がはっきりと聞こえた。

「ブラインドサッカーという、新しいサッカーの日本選手権が初めて行われます。お願いします！」

それは、幻聴などではなく、聞きおぼえのある、誰かの声だった。

「あっ！　イシイくん！」

その誰かが自分に気付き、こちらへ走ってくる音が聞こえた。

「イシイくん！」

一人ではなく、他にも数人、こちらへ走ってきた。

宏幸は数人に囲まれ、肩や背中を支えられた。

「大丈夫？　高熱が出ているってお母さんから聞いたぞ」

「無理してここへ来たんじゃないか？」

「俺たちでなにか手伝えればと思って、みんなでかけつけたんだ」

「お姉さんに、チラシがあるって聞いたもんだから」

「ここは俺たちがやるから、向こうで座って休んでなよ」

いっせいにみんなが話しかけ、それだけいうとすぐに走り去っていき、また観客の呼びこみをはじめた。

「お願いします！」

「よろしければ、ぜひ観戦していってください。お願いします！」

「ブラインドサッカーという、新しいサッカーの日本選手権が初めて行われます。お願いします！」

宏幸は、その場に茫然と立ちつくした。

なにも見えなくなってしまった彼の眼から、涙がぽろぽろとこぼれおちた。

——俺にも……。

心のなかで、彼はいった。

——こんな俺にも、困ったときに、助けてくれる仲間が、いたんだな……。

観客を呼びこむその声は、もう六年もむかし、まだ自分の眼が見えていた頃、遠い異国のジョホールバルという街で出会った、一緒にサッカーを見て喜びあった、仲間たちの声だった。

白杖を握っていない左手で、溢れて止まらない涙を拭った。

——Walk on, Walk on,

いまここにいる仲間が、むかし教えてくれた歌を、ふいに思いだした。

——With hope in your heart.

——希望を胸に歩いてゆこう。

——And you'll never walk alone.

——けっして一人で歩かせはしない。

サッカーボールの音が聞こえる

「前！　もっと前！」

「もうちょっと右！　そう、そこ！」

「よし！　打って！」

甲高《かんだか》い声で指示が飛ぶと、小さな足がボールを蹴る音と、ボールが転がってゆく音がした。

かしゃかしゃ……。

「あーあ！」

三十人ほどの子供たちがいっせいに溜息をついた。

きっと、シュートが決まらなかったのだろう。

それらの音を聞いていた石井宏幸は、ホイッスルを口にくわえて吹きならした。

ぴぴぃーっ。

フィールドに散らばっていた子供たちが、いっせいに宏幸のもとへと駆けてきた。

「どうだったかな?」

彼が腰を屈《かが》めてそう訊くと、「むずかしい」とか、「おもしろい」とか、答えが返ってきた。

そこは、神奈川県横浜市内にある小学校の校庭で、彼の周りにいるのは、その小学校の児童たちだった。

日本視覚障害者サッカー協会では、盲学校のみならず、一般の小学校でもブラインドサッカーの講習会を開いている。それは、障害者や障害者スポーツへの理解を得ることはもちろん、他者への思いやりや、意思伝達の大切さを、幼い頃から育むことができればという宏幸の思いから実現したものだった。宏幸は講師として鈴入りのボールを持参し、毎年五十校ほどの全国の小学校に足を運んでいる。

まずは、宏幸が自己紹介やブラインドサッカーの説明をしたあと、子供たちにアイマスクをしてもらう。五メートルほどの短い距離を歩いてもらうことから始めるのだが、視覚を遮られると怖がって歩きだすことができない子供もいる。おもいきって進んでみるが目的地へたどりつけず、迷子になってしまう子供がいる。初めは誰もが、なかなか上手く歩くことができない。やがて、目的地に立っている友だちが、手を叩きはじめる。すると、ゆっくりではあるが、誰もが目的地までたどりつけるようになる。さらに、目的地に立っている友だちが、声を出して導きはじめる。すると、誰もが走って目的地までいけるようになる。

そんな講習会を初めてやってみたとき、おもわず宏幸は呟いた。

――これはまるで、むかしの俺の姿じゃないか。

失明したばかりの頃は、自宅の庭さえ思うように歩けなかった。姉に支えられながらブラインドサッカーの講習会へ行ってみると、そこには自分と同じ境遇の人々がいた。彼らは自立していただけでなく、新たな障害者スポーツをひろめようと、楽しみながら努力していた。そして、自分も勇気を出して歩きはじめてみると、新たな世界にたどりつくことができた。自分が一歩を踏みだしたことで、誰かが手を叩いてくれ、誰かが声で導いてくれた。

ブラインドサッカー日本選手権を成功させてから数年が過ぎると、宏幸はすっかり変わった。

視覚障害者の職業訓練学校へ通った彼は、大手コンサルティング企業へ就職した。都心の会社へ二宮町の実家から通うのは時間がかかりすぎるため、会社近くのワンルームを借りて一人暮らしを始めた。心配して反対する母を説得するのはたいへんだったが、「いいじゃない、やらせてあげようよ」と姉が後押ししてくれた。やがて、彼には恋人ができ、一緒に暮らすようになった。もう読むのはあきらめていた小説を、静かに朗読してくれる優しい子だった。

日本視覚障害者サッカー協会では、副理事長に就任した。雑務から大会運営までなんでもこなし、事務局長になった松崎英吾とともに多忙な日々をおくっている。彼らの活動の甲斐あって、ブラインドサッカーを始める選手が増えた。チームは全国に二十チームほどでき、なかには卓越した身体能力をもったスター選手も現れた。そのため、宏幸は日本代表から外されてしまったが、彼はそれを支える側にまわった。平成二十一年に日本で初開催されたアジア選手権では、日本代表は韓国代表に勝利して世界選手権への出場を決めるまでに成長した。その勝利を、クラブＪＢの成田宏紀とともに観客席から見守った宏幸は、ジョホールバルのときのように一緒に喜んだ。

宏幸自身も、プレーをやめてしまったわけではない。東京のチームに所属し、自らが立ちあげた日本選手権大会でいつか初優勝できるようにと、日々練習に励んでいる。ときにはクラブＪＢの仲間たちにアイマスクをしてもらい、一緒に試合を楽しんだりもしている。

初めての日本選手権大会を開催したとき、宏幸は高熱のせいで満足にプレーできなかった。そればかりか、手伝いに来てくれたクラブＪＢの仲間たちに、礼をいうことすらできなかった。後日、彼は仲間に宛ててメールを送った。

《みなさん、先日は日本選手権のお手伝いに来てくれてありがとう。おかげさまで、初めての大会だったのに、大勢の観客に囲まれたなかでプレーができて、選手はしあわせだったと思います。それに、僕らの即席チームに、クラブＪＢのユニフォームまで貸してくれてありがとう。それぞれ違ったシャツを着てプレーするつもりだったので助かりました。みんな頑張ってプレーしていたから、汗でぐっしょりにして返すことになってごめんなさい。

この大会、いいだしっぺの僕は、実行委員長なんていう、柄《がら》にもないことをやらせてもらいました。しょうじき、無事に大会が開催できるかどうか、当日まで不安でした。慣れないことをしたせいか、知恵熱みたいな高熱で迷惑をかけてしまったしね。でも、成功するか、失敗するかなんて、心配すること、なにもなかったのかもしれません。

大会が終るとき、ナリタさんが僕にいってくれましたよね。「俺はイシイくんがかわいそうだから手伝いに来たんじゃない。サッカーが好きだし、サッカーが好きな仲間がいるから、手伝いに来たんだ」と。

その言葉を聞いたとき、気付いたんです。そうだ、僕は、難しいことをやろうとしていたわけじゃないんだって。なぜなら、僕は、ただ、みんなで、サッカーが、やりたかっただけなんだって。眼が見えるとか、眼が見えないとか、そんなこと関係なく、僕が大好きで、みんなも大好きな、サッカーが、やりたかっただけなんだって。

病気をして、ひとりぼっちだと思っていたときや、失明して、もうなにも見えなくなってしまったとき、生きていることに意味があるのかな、なんて、考えたことがありました。死んでしまったほうが、楽になれるんじゃないかと。でも、そのときの自分に、いま、いってやりたい。苦しいことや、辛《つら》いこともあるけれど、生きていることに意味があるのかどうかなんてわからないけれど、勇気を出して、一歩踏みだしてみるんだって。そうすれば、仲間だってできるし、生きるって、楽しかったんだって、気付くこともできるんだって》

「おにいちゃん――」

児童の一人が、宏幸の腕を掴みながらいった。

「おにいちゃんは、ほんとうに、眼が見えないの？」

少年は、声の調子からして、本気でそう訊いているらしかった。

「どうして眼が見えると思うんだい？」

少年の声がする高さにあわせてしゃがむと、宏幸はそう訊きかえした。

「だって、さっき、ボールを蹴って、ドリブルして、ゴールを決めるところを、見せてくれたけど、眼が見えなくちゃ、あんなに上手に、蹴れるはずがないもの」

宏幸は、眼の病気で眼が見えなくなったという自己紹介のあと、きまってデモンストレーションでドリブルシュートをしてみせる。少年は、そのときのプレーを不思議に思っているらしい。

宏幸は、微笑みながら足許に転がっているボールを手に取った。

「おにいちゃんはね――」

宏幸は、眼の高さまでボールを上げてみせた。

「ほんとうに、眼が見えなくなっちゃったんだ。でもね、眼が見えなくても、サッカーはできるよ。だって、ほら」

宏幸は、両手で軽くボールを揺すった。

かしゃかしゃ……。

あとがき

未来へと一歩を踏みだしてゆくとき、人には、希望が欠かせない。
ゆえに、希望を奪われることほど酷《むご》いことはなく、希望を与えられることほど尊《とうと》いことはない。

闇に閉ざされている者がいる。

国内だけで三十一万人余りいるとされる視覚障害者のなかには、幼い頃からなにも見えなかった者や、老いてからなにも見えなくなった者がいて、そして、ようやく見つけた希望を抱きながらも、突然に光を失うことで、一歩も動けなくなってしまった若者もいる。

希望は、ほんの小さな、生きがいでもいい。

しかし、それさえをも奪われてしまう容赦《ようしゃ》ない現実があり、そんな思うにまかせぬ人生で、孤独や、不安や、虚無に、立ちつくしている人々がいる。

本書は、失明の恐怖やマイノリティの努力を伝えようとしたものではない。ブラインドサッカーという新たな障害者スポーツの結果でもない。あたりまえの人間が、耐えがたい苦しみや悲しみに直面しながらも、精神世界での自分自身との闘《たたか》いを経《へ》て、もういちど、新たな一歩を踏みだそうとする過程。たとえば、体育館の寄木《よせぎ》張《ば》りの床《ゆか》の上で、あるいは、サッカー場の芝生《しばふ》の上で、どのような思いで、どのようなことをなそうとしたか、心のありさまを探求した記録である。

　この物語を書きおえることができたのは、多くの方々のご助力による。取材活動に協力いただいた日本視覚障害者サッカー協会各位、編集をご担当いただいた新潮社の笠井麻衣氏、葛岡晃氏、風詠社の大杉剛氏、企画段階からたずさわっていただいた神原順子氏に感謝したい。また、取材に応じていただいたすべての方々に、心から御礼申しあげたい。ありがとうございました。

　なお、サッカー漫画『キャプテン翼《つばさ》』の作者高橋陽一氏が、装画を描《か》きおこしてくださった。「翼くん」の活躍に胸おどらせた多くのサッカーファンに、ブラインドサッカーという、もう一つのサッカーの存在を知っていただく契機にもなればと願っている。集英社の松澤肇氏、横井秀和氏、そして、高橋陽一氏に感謝したい。

　また、日本サッカー協会理事で、日本障がい者サッカー連盟初代会長の北澤豪氏には推薦文をいただいた。ありがとうございました。ドーハでも、ジョホールバルでも、そして本作にもあるように第一回ブラインドサッカー日本選手権でも現地にいた北澤氏が、障がい者サッカー界を牽引されていることに発展を確信している。

　さらには、本作が『小説新潮』にて連載開始されてから映画化の話を多数いただいた。

ブラインドサッカーの魅力や可能性が、スクリーンを通じてぜひ多くの人々に伝わればと願っている。映画化実現にご尽力をいただいている日本ブラインドサッカー協会の松崎英吾氏、上田晋氏をはじめ、映画化実現を応援してくださっているすべてのみなさまに心から御礼申しあげます。ありがとうございます。


眼に見えるものと、眼には見えないものとがある。

眼に見える結果ばかりを、人は追いもとめてしまう。

けれども、眼に見えるものは、すべて儚《はかな》く、いずれは消えゆく。

眼には見えないが、しかし、いつまでも消えることない、過程そのものを大切にして歩いてゆきたい。自分が奏でるほかない、もしくは、誰かが一緒に奏でてくれる、希望の音を聞きながら。

平山　譲

二〇一八年十月

＊初出誌『小説新潮』二〇一〇年三月号〜五月号

平山　譲（ひらやま・ゆずる）

1968年東京都生まれ、作家。出版社勤務ののち著述に専念。ノンフィクションや実話を基にした物語を数多く手がけ、作品が映画化、ドラマ化、漫画化される。文芸・小説誌、新聞、スポーツ誌での連載のほか、映画脚本、エッセイなど執筆は多岐に渡る。主な著書に、『ありがとう』（講談社文庫・東映系にて全国ロードショー）、『ファイブ』（幻冬舎文庫・NHKにて新春スペシャルドラマ化）、『4アウト』（新潮社）、『片翼チャンピオン』『還暦少年』（ともに講談社）、『魂の箱』『リカバリーショット』（ともに幻冬舎）、『パラリンピックからの贈り物』『最後のスコアブック』『灰とダイヤモンド』（いずれもPHP研究所）などがある。

サッカーボールの音《おと》が聞《き》こえる
ブラインドサッカー・ストーリー

2018年11月9日　第1刷発行
2018年11月21日　第2刷発行

著　者　平山　譲
発行人　大杉　剛
発行所　株式会社 風詠社
〒553-0001 大阪市福島区海老江5-2-2
大拓ビル5-7階
TEL 06（6136）8657　http://fueisha.com/
発売元　株式会社 星雲社
〒112-0005 東京都文京区水道1-3-30
TEL 03（3868）3275
印刷・製本　シナノ印刷株式会社

ISBN978-4-434-25311-9 C0095

乱丁・落丁本は風詠社宛にお送りください。お取り替えいたします。

泥まみれのナンバー10《テン》

「ドーハの悲劇」から四年、初のワールドカップ本大会出場へ向けて、
アジア地区最終予選を戦うサッカー日本代表。
しかしホームでの韓国戦で敗北するなどし、加茂《かも》周《しゅう》監督が更迭され、
日本代表は苦境に立たされていた。
その中心選手として「背番号10」を背負った名波浩《ななみひろし》は、
重圧のなかで思うようなプレーができずに苦悩する。
勝利から五試合遠ざかっていた日本代表の遠征先の宿舎に、
思わぬ人から一通の手紙が届いた。
それを読んだ彼は、アウェイでの日韓戦でゴールを挙げ、
チームを勝利に導く。そして、彼と日本代表は、
決戦の地・ジョホールバルへと向かい、最後の戦いに挑んでゆく——。
（東京FM出版／幻冬舎文庫・刊）

◇

ありがとう

平成七年一月十七日、阪神淡路大震災発生。
神戸市長田区で小さな写真屋を営んでいた古市忠夫《ふるいちただお》は、
燃えさかる商店街で決死の人命救出活動を行うも、
家も、店も、そして友をも失ってしまう。
町じゅうが失意のどん底のなか、しかし彼は前進する。
住民の先頭に立って商店街の復興に尽力。
さらに焼跡の瓦礫《がれき》に残されたゴルフバッグを担ぎ、
六十歳にしてプロゴルファーになるという夢に挑む。
自らの復興を賭けた闘いに、町の人々や、妻と娘たちが声援をおくる。
はたして千八百人もの二十代のゴルフエリートたちと競って、
還暦を迎える彼がプロゴルファーになれるのか——。
（講談社／講談社文庫・刊）

平山譲の作品

魂の箱

タイトルマッチで視覚障害を負って引退した元世界王者が、
路地裏に小さな箱［ジム］を興し、
若き王者を育てる新たな夢に挑む。
入門してきたのは、ボクシング未経験の若者二人。
親友を死なせてしまった過去に苦悩する元不良少年。
自分の価値を見いだせずにいる純朴な高校生。
四十年間を拳闘に捧げてきた老トレーナーと四人で、
「Soul Box」と名付けた箱での、傷だらけの挑戦が始まる。
自らの拳で未来を切り開こうとする若者二人は、
やがてどちらもタイトルマッチのリングへと辿りつく。
はたして彼らはベルトを摑むことができたのか――。
（実業之日本社／幻冬舎文庫・刊）

◇

ファイブ

親会社の経営不振により、社会人の強豪バスケ部が突如廃部に。
リストラされた「ケン」こと佐古《さこ》賢一《けんいち》は、
優勝経験のないチームへと移籍する。
そこで出会ったのは、リストラされて拾われた三十代の選手たち。
リーグ最低身長のガードでムードメーカーの「ノブナガ」。
エゴイストと烙印を押された寡黙なシューター「マサキ」。
四十歳間近のリーグ最年長で日本人初のプロ選手「トヤマ」。
関西弁を操るアメリカ人フォワードの「エリック」。
小さな町から、日本一になることを夢見て燃焼する《ファイブ》。
若きスターたちが所属する王者に挑む「リストラ戦士」が、
死闘となった最終戦で見つけたものは――。
（ＮＨＫ出版／幻冬舎文庫・刊）

平山讓の作品

4アウト

現役を断念した元ノンプロの中年投手に、監督依頼が舞いこんだ。
集まった選手たちは、野球も人生もあきらめかけていた者たち。
交通事故で甲子園を断念した元高校球児。
脳梗塞で左半身不随になったエース……。
松葉杖をバットに持ち替えたナインは、
キャッチボールもままならないところから再出発し、
障害者野球リーグ日本一を目指して前進する。
敗色濃厚となった日本選手権、
試合をなげだしてしまいそうになる選手たちを集めて監督が叫ぶ。
一度は3アウトを宣告された人生。
「でも、まだ、終っちまったわけじゃねえ」——。
（新潮社・刊）

◇

リカバリーショット

誰にでも、逆転のための「人生を賭けた一打」がある。
二十五年間でツアー一勝のプロが、苦悩する息子に贈ったエールの一打。
長年芝を育ててきた支配人が、闘病しながら放った人生最後の一打。
ゴルフを楽しいと思えなかったプロの、オーガスタでの復活の一打。
伊澤利光《いざわとしみつ》、セベ・バレステロス、樋口久子《ひぐちひさこ》ら有名プロから、
未勝利の無名プロ、クラブ職人、シニアアマなど、
十三人のゴルファーの《リカバリーショット》を集めた短編集。
震災ですべてを失いながらプロになった、
「還暦ルーキー」こと古市忠夫が
タイガー・ウッズと夢の対戦をした、
『タイガー対ふつうのおっちゃん』（『ありがとう』続編）も収録。
（幻冬舎・刊）

最後のスコアブック

挫折の果てに、ケガした高校生と出会ったスカウトの選択。
WBC日本代表を支えたスコアラーの挑戦。
マスターズリーグMVPに輝く無名投手の再起。
メジャーリーグを目指す日本人審判員の冒険。
日本女子代表を世界一へ導く女子野球指導者の発見。
北海道勢初の全国制覇、駒大苫小牧高校監督の甘苦——。
「戦力外通告」から始まる、ゲームセットなき人生。
『野球やろうぜ』、『最後のスコアブック』、
『やりなおしのマウンド』、『海を渡るアンパイア』、
『野球からの贈りもの』、『優勝旗のかわりに』
全六編を収めた、ベースボール短編集。
（PHP研究所／PHP文芸文庫・刊）

◇

パラリンピックからの贈りもの

交通事故で大腿を切断して夢を奪われた大学生。
小児麻痺で社会との隔たりを感じていた女性会社員。
障害者スキー日本代表チームをゼロから組織した監督。
水泳で二十一個のメダルを獲った「ミスターパラリンピック」。
「僕らには、スポーツという翼がある」——。
悲しみや苦しみのどん底で、スポーツに出会い、
もういちど、夢を見つけた七人の挑戦。
表題作の他、『仲間がいるから』、『トスの人』、
『義足でのテイクオフ』、『手作りの金メダル』、
『ブラインドサッカーというサッカー』、『四年間』、
全七編を収めたパラリンピックの物語。
（PHP研究所・刊）

灰とダイヤモンド

伊豆諸島の三宅島に一校だけある高校、都立三宅高校の野球部は、
つねに部員数が少なく、大会出場すらままならなかった。
夏の甲子園予選当日、試合に挑むその朝、
三宅島の雄山が大噴火し、混乱のなかでチームは大敗する。
大量の火山灰に埋もれ、火山ガスが充満する島は、
避難勧告が発令され、やがて無人島と化してしまう。
慣れない都会での避難生活を強いられ、絶望しそうになる三宅ナイン。
監督と選手たちを支えたのは、島民のあたたかい励ましと、
「夏の一勝」という夢だった——。
故郷を失いながらも、復興に向かって走りつづけた、
教師と生徒たちの真実のドラマ。
（ＰＨＰ研究所／ＰＨＰ文芸文庫・刊）

◇

還暦少年

還暦軟式野球選手権——。
全国に四百以上ものチームがあり、
六十歳を越えても約二万人が、
いまだ野球に熱中している。
定年後に生き方を見失った会社人間「四番セカンド・コバヤシ」。
悪性リンパ腫の病魔と闘う「五番ライト・カキヌマ」。
六十二歳にして野球を始めた新米の「九番代打・キムラ」。
喧嘩した息子との関係を修復できずにいる「七番センター・ナカジマ」。
妻を亡くし、親友も失ったグローブ職人「六番ピッチャー・タケウチ」。
還暦を過ぎて都会の片隅にあるグラウンドへと集まった五人の、
家族、人生、そして、野球を描く、連作リアルストーリー。
（講談社・刊）